U0856763

我不想阅人无数，只想爱一个人不输

No One But You

初小轨 著

辽宁人民出版社

图书在版编目（CIP）数据

我不想阅人无数，只想爱一个人不输 / 初小轨著. —沈阳：辽宁人民出版社，2017.11
ISBN 978-7-205-09091-3

Ⅰ. ①我… Ⅱ. ①初… Ⅲ. ①故事—作品集—中国—当代 Ⅳ. ① I247.81

中国版本图书馆 CIP 数据核字（2017）第 231638 号

出版发行：辽宁人民出版社
地址：沈阳市和平区十一纬路 25 号　邮编：110003
电话：024-23284321（邮　购）　024-23284324（发行部）
传真：024-23284191（发行部）　024-23284304（办公室）
http://www.lnpph.com.cn
印　　刷：北京市通州运河印刷厂
幅面尺寸：145mm × 210mm
印　　张：7.5
插　　页：16
字　　数：141 千字
出版时间：2017 年 11 月第 1 版
印刷时间：2017 年 11 月第 1 次印刷
责任编辑：赵维宁
装帧设计：格・创研社
责任校对：赵　晓
书　　号：ISBN 978-7-205-09091-3

定　　价：38.00 元

1

为了等到你，
我用了六十年的时光与全世界为敌

每当看到一个人执迷不悟地笃定等待，

无论五天、五个月、五年，还是五十年，多数时候我默然观望，极少竭力相劝。

因为见识过很多等了一辈子却换来孤独终老空欢喜，

也听过很多慌不择路凑合半生，到头来天涯陌路终分离。

001 — 018

2

因为非你不可，所以余生冷漠

我们对生活与爱越来越不肯付诸时间，

所以也常常等不到守得云开见月明的反转。

019 — 040

3

天才少女的青春危机

每个人的青春里，都曾遇到过一个放荡不羁的“坏”女孩，

而能让事情变得更有趣的关键点是，

她还不小心是一个智商超高的天才。

041 — 056

4

他终于如愿懒死，却过上了他想过的日子

所有的和局，是自己对自己的放过；

所有的死局，是自己对自己的逼迫。

我们要的，是支撑自己好好活下去的和局，而一根筋的人，

要的却是非生即死。

057 — 074

5

天才宝宝的奇幻出走

每次我拖着行李箱走出家门，我妈都问我什么时候再回来，

我说过段日子就回。

我觉得她可能也像小时候的我们一样，

虽然根本不信，但不得不任我们远去。

075 — 092

6

最酷底牌

“这是我给她留的底牌，
如果她婚后有一天过不下去了或者发生任何意外，
随时可以把存折拿走。”

093 — 108

7

当我年少不再，
才懂了那个男人不善言辞的爱

不知道男孩子跟爸爸是怎么相处的，反正我自始至终都没学会。
小时候觉得他专横霸道太过严苛，长大了的我变得好像比他更果敢霸道主意正，
所以又觉得他有些脆弱无能太过话痨。

109 — 124

8

校花陨落

她吐了一个大大的烟圈，顺手扯下了一根长长的白发，
一口气，吹出了窗外。

125 — 140

9

无声家暴

“她最近制定了两条计划，

一个是跟我离婚，摆脱我的‘魔爪’；一个是把你救出来。

但是我不明白她为什么只是自己跑了，

而放弃了救你……”

141 — 156

10

消失的遗产

周六爷是我见过的第一个混血儿，

身高一米九，鼻梁很高，老远看上去像一株东张西望的高粱。

村子里没有几个人喜欢周六爷，但是没有几个人敢跟他叫板。

据说主要原因是，周六爷太有钱。

157 — 170

11

铃铛与月娘

我鼻头一酸，一把将她拽了下来。

她惊慌地看了我一会儿，一把抱住我，哭着说：

“月娘，我想你。”

171 — 184

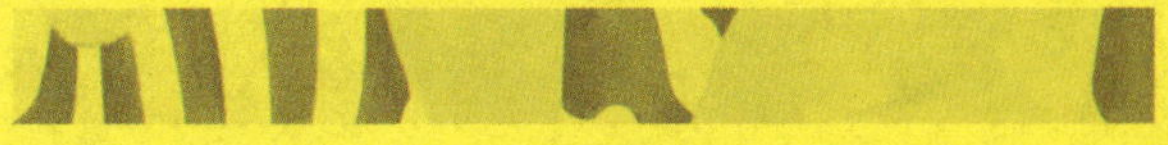

12

潘朵儿的男朋友们

我小心翼翼地坐回去，望着窗外。

我想目送，却从来没有机会，只能看到天边有一朵云，孤独又眩晕。

185 — 198

13

第三者的纯粹

我莫名其妙地就这么走了，萧然心照不宣地接受了这样一个事实。

我们已经分开三个月了，一个不问，一个不找。

199 — 212

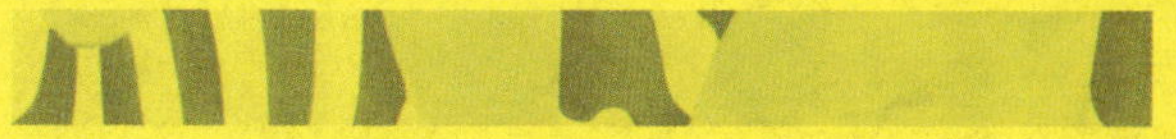

14

正常的爱情

“没有一点儿疯狂，生活就不值得过。
听凭内心的呼声的引导吧，
为什么要把我们的每一个行动像一块饼似的在理智的煎锅上翻来覆去地煎呢？”

213 — 224

15

我觉得我会是个好妻子

“我今年三十一岁了，没谈过一次恋爱。

不是没人追我，只是我怕答应了别人之后，

他们会说我骗他们。”

225 — 235

为了等到你，

我用了六十年的时光与全世界为敌

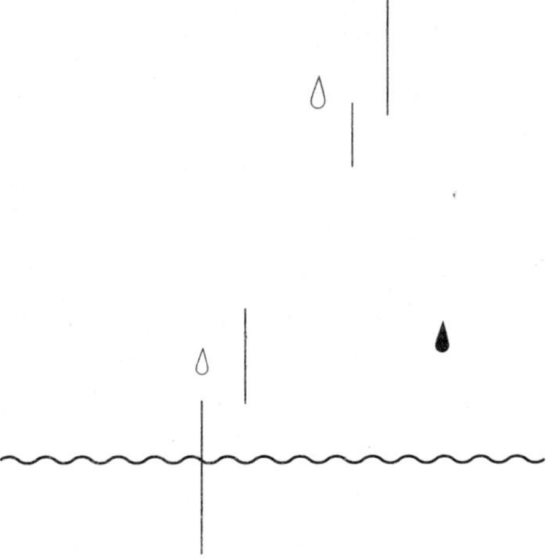

每当看到一个人执迷不悟地笃定等待，无论五天、五个月、五年，还是五十年，多数时候我默然观望，极少竭力相劝。因为见识过很多等了一辈子却换来孤独终老空欢喜，也听过很多慌不择路凑合半生，到头来天涯陌路终分离。

每个正在等待的人，心里都带着怕。

岁月是一把尖刀，会残酷地将等待的资本在年龄段上进行划分，所以一过了三十岁，好像全世界瞬间联合起来，以“为你好”为名，疯狂地驱赶着你，让你放弃坚守，马不停蹄地奔向平凡的大多数，然后不可避免地沦落在匆匆嫁掉后的一生苦楚中。

给你们讲一个花甲老人的跨国恋故事吧，女主人公是我的法语老师——佐伊。

1.

佐伊第一次出现在我的法语课堂上时，言辞犀利，用一个成功女人的完美姿态活生生惊艳了我一脸血。

当时佐伊身后背着一把40寸的木吉他，耿直的脖子持续昂扬，像在追击一架腾空远去的战斗机。

她一把拽下缠绕了无数圈的水墨围巾，神采飞扬地跳到第一排的桌子上，两条裤腿儿自在如风地荡来荡去，无丝毫初见的羞涩。她先是哼了一小段我当时听不懂的法语歌，做了个满意的抒情前奏后，深情款款地用地道的美式英语对我们说，她曾在爱尔兰海边感受过细密而慌张的匆匆时光，她能辨识中世纪手抄本的字体，她一意孤行地翻译过艾米莉和博尔赫斯的诗集，她熟练掌握了六国语言却唯独搞不定汉语，她毕生追逐爱情决不将就，至今还是孑然一身，然而这一切她并不在意，因为她觉得，没有男人，她一样能把生活过得精彩灿烂。

佐伊来中国执教的时候，刚刚过完六十周岁的生日。

佐伊留着一头如镀金方便面似的金黄色小卷发，因为格外瘦小，说话的时候又喜欢手舞足蹈，所以每当远远看到她的打扮，我都误以为她是一个在温润阳光中冉冉升起的怀春少女。

当时跟佐伊同一批来到外语系的共有七个外籍老师。

佐伊来到我们学校一周后，一向以“好奇宝宝”闻名整个医科大的外语系，迅速散播出花样翻新的八卦。大家都说，佐伊是个纯正的富婆，过手的花美男多如白云朵朵，并且她目前在整个外语系中拿着最高的薪水。

系主任在一次活动中操着浓重的伦敦腔直言不讳地告诉我们，佐伊是学校用重金挖来的法语老师，合同只签了两年，叮嘱我们一定要抓紧一切时间学习、尊师爱教、多学多问。

后来在一堂讨论课上，佐伊被一个女学生问到薪资的事儿。佐伊先是一惊，接着就像是被点了笑穴一样狂笑得花枝乱颤。笑够了后，她上气不接下气地说："不好意思，失态了哈。我偷着告诉你们吧，学校给我开的这点钱，还达不到我在瑞士卢塞恩大学执教时候的零头，我起初还担心工资不够养活自己。"

一个月后，校团委和学生会一块组织了一次外籍老师的欢迎会。佐伊被选为代表上台发言。有人在台下问她为什么选择了我们学校，校领导颔首微笑，略带羞涩地准备听佐伊说我们有如何雄厚的师资吸引了她，并给她如何优越的条件。佐伊耸了耸肩膀，翻着蓝蓝的眼睛说："因为有人骗我说，你们是全世界离海最近的学校。"

因为这个肤浅的理由，佐伊隔三岔五地被各个校领导叫过去谈心。

谈心回来之后的佐伊跟没事儿人似的，依然口无遮拦，爱谁谁。

临下课前的十分钟，她会立即把书一扔，像小鹿一样一下跳到课桌上，晃着双腿打着拍子，给我们弹琴唱歌，目光如火焰般燃烧着远处我们看不太清的地方。一曲奏完，她鞠上一躬，背上吉他嬉笑告别。开门离去前会突然一个大转身，满脸坏笑地警告我们，不许把她今天的一切说出去。

这个动作，她一做就是两年，盛开在我们迷茫青春的视野里，璀璨得像是一艘与全世界为敌的战舰。

我们都觉得，佐伊是个热爱生活的小老太太，她精挑细选了一件件与自己匹配的衣服，每天都会准时起床给自己做一个两面煎的鸡蛋，她出门之前会把皮靴擦得一尘不染，她努力把笑容送给每一个相识或不相识的人。

尽管如此，班里几乎没有姑娘渴望成为佐伊这样的女人。

佐伊说，她永远不会允许一个不让她心动的人走进她自己的爱情。

一开始，佐伊的坚守对很多看客来说是一种叹为观止的无畏；时间一久，越来越多的人觉得，这么苛刻与死犟，就是典型的理想主义式的做作，活该到今天还没个伴儿。

奇怪的是，就在佐伊的雇佣合同到期的三个月前，她突然在课堂上三番五次地尝试说汉语，甚至有一次还在黑板的角落兴致勃勃地写了一个扭作一团的“我”，写完就哈哈大笑着问我们：“丑爆了，有没有？”

从佐伊第一天来到我们学校开始，每个人都知道她烦汉语烦得要死。

2.

有一天我从学校餐厅出来，刚好碰到佐伊背着一把吉他从教师公寓楼里推着自行车往外走。看见我的那一刻她几乎飞奔而来，车轱辘哗啦啦地在砖缝里左右奔突，跑到我跟前时一下没刹住车，差点儿把我撞飞。

佐伊赶紧说了一串对不起，然后瞪着眼睛沉思半晌。突然一拍大腿，磕磕巴巴地问："Emma……你的名字……是什么？"

我一下被佐伊问蒙了，皱着眉头说："Emma啊。"

"不是，不是，是你的名字，中文。"

"哦，我叫小轨。"

"小……轨……小轨你好。"

我又一下被佐伊逗乐了："佐伊你好。"

"我说对了吗？"

"嗯，说对了，你不是很早就学会了'你好'了吗？"

"是，是，但是我想问你，le temps et les obstacles porront faire leur possible pour nous séparer，on se retrouvera un jour ou l´autre？ In Chinese，怎么说？"佐伊一着急，小脸泛红，混着中英法三国语言汹涌而出。

我被佐伊逗得忍不住笑出声儿，我说："那你先告诉我，你是不是要去表白啊？"

佐伊赶紧笑着点头，少女般的绯红瞬间跃上双颊。为了掩饰内心的不安，佐伊扭捏着把车铃铛玩得"咯铃咯铃"响。

我想了想，一字一顿地说："时间和障碍会极尽所能地把我们分开，但终有一天我们还会相遇。”

佐伊听完皱了下眉头，自言自语地说了句“好难”。然后掏出纸和笔让我用拼音帮她把整个句子写下来。之后她心满意足地飞了我一个嘹亮四方的吻，纵身一跃跳上自行车，念念叨叨地朝着夕阳的方向飞驰而去，快乐得像一只被天空召唤而去的飞鸟。

一个星期后，学校要举办一个“蒙牛之夜”烟台高校联谊音乐会，佐伊跟一个叫皮特的加拿大外籍老师整了个“动静组合”。佐伊是吉他手，皮特是鼓手，他们选定了卡拉·布吕尼的*tout le monde*作为表演曲目。演练了几次后，佐伊觉得这首适合浅唱低吟的歌加上鼓点后完全没有了灵魂，于是她羞涩而沮丧地宣布在这次表演中与皮特分道扬镳，并立即着手找一个电吉他手配合她完成最多三轨的表演。

当时我是吉他社的社长，三天两头地在学校图书馆旁的一个闲置阅览室里跟几个玩音乐的人瞎闹腾。佐伊好几次在去图书馆借书的路上听到了我们狂躁的声响。她站在门口微笑，使劲儿鼓两下掌，然后冲着我伸手做一个坚定的金属礼后转身离去。

那天佐伊去阅览室把我叫出来，说她想跟我合作那首布吕尼的歌。

我说：“我电吉他玩得也不咋好。”

佐伊说：“没事儿，我来玩电吉他，你玩民谣。”说完就绕过架子鼓拿起电吉他扫了两下，然后皱着眉头说，“这个不好，我们去重新买一把。”

我说：“行，那我先试一下你的琴。”

佐伊打开琴包。一种可望而不可即的光芒瞬间喷薄而出，一把墨蓝色的吉他带着天生牛×的骄傲惊得我口水横飞：“佐伊，这是把ESP啊？你买新琴了？”

佐伊笑着点点头，突然又像是怕我没看见一样，大声说了好几遍：“是啊，是啊。”

我扫了一把弦，音色饱满持久，一时间难以表达对惊天尤物的相逢恨晚之情，只好连说了三个“卧槽”。

佐伊朝着我眨巴着眼睛说：“这有啥，我带你去个更酷的地方。”

“去看琴啊？”我怔了一下，赶紧慌慌张张地去拿包。

“去买琴。”

“去买琴？”我脑子突然短路，莫名其妙地重复了一句。

佐伊像是突然被我的反问击中了一样，看了一眼阅览室里的其他几个人，用法语问我他们听不听得懂法语。

我一脸正经地说：“放心，他们丫的一个个连英语都没整明白，还会法语?!”为了让佐伊放心，我还笑嘻嘻地用法语偷偷骂了他们一句。这群好基友尽管确实没听懂，但还是聪明地回应了我一句“大傻子”。

佐伊一看这形势，立马大声用法语说：“太好了，走走走，快走，我带你去看看我的心上人。”

3.

烟台的冬天，是与飞雪同在的冬天。

佐伊瘦弱的身影小心翼翼地摇晃在白雪皑皑的路上，最后带着我停在一个琴行门前。

她整理了一下身上的落雪，朝着眉毛的方向歪着嘴吹了口气，又伸手拉了一下嘴角，推门走了进去。

后来我才知道，佐伊每次见她的心上人之前，都会用手拉一拉嘴角。她想调整出世界上最完美的微笑，让他每次看见她，都别无选择地沦陷。

琴行老板看上去是一个五十岁左右的帅气大叔，他看见我们走进来的时候，立马紧张兮兮地把手中的书往身后一藏，腾地一下站了起来，冲着佐伊微微一笑，红着脸用英语妥妥地说：“佐伊，你好。”

见帅欣喜，无人免俗。

我小声用法语问佐伊：“大叔也会法语？”

“他不会，他连英语都不会，他这句‘你好’肯定也是新学的吧。”佐伊直勾勾地盯着大叔，假装淡定地用法语回应我。

“帅！佐伊你好眼光啊，就凭大叔这儒雅成熟的气质，估计连街上的小姑娘看见了都得发疯。”

“一会儿有交流不了的，你帮我翻译翻译哈。还有，不要叫他大叔，他有名字，叫范正。”佐伊脸一红，我瞬间觉得自己变成一个一千瓦的大灯泡。

佐伊想得有点多，事实上，尽管他们语言完全不通，却根本用不上任何翻译。

两人有模有样地指着一把琴比画来比画去，不时发出各种小动物似的怪叫，不时又笑得前仰后合，闹腾够了猛然想起还有一个我正傻而多余地存在着。佐伊指了我一下，然后蹲下来，好像在假装自己是一根蜡烛，嘴里咕噜咕噜表演燃烧的火焰，然后一下站起来“咿咿呀呀”了两声，转身又变得一脸的严肃。尽管我看得五迷三道，但是范正像是被植入了解码芯片一样，扑闪着睫毛点了点头，一副听懂了的样子。

后来，佐伊告诉我，范正那天问她带来的姑娘是不是她的女儿，她突然想起来中国人喜欢把老师比作蜡烛——什么燃烧了自己照亮了别人，她灵机一动蹲下去表演，接下来就说我正在跟她牙牙学语。通过一系列匪夷所思的动作及有声表演，她出色地把自己的教师身份与我的学生身份表达得清清楚楚。

都说恋爱中的人智商为零，见识过佐伊和范正的无敌默契，我突然觉得这好像是一种命中注定的爱情，外人看你俩傻子，你俩看外人更傻子。

佐伊第一次表白的时候，明确告诉范正自己还能在中国待三个月，三个月后合同期满，她要回到瑞士。没有人能够接受一段恋情在这么短的时间内结束，佐伊也不知道从哪儿打听到，一旦得知了这种危险前提，多数中国男人会直接选择不开始。所以佐伊问我要走了那句写满拼音的话：时间和障碍会极尽所能地把我们分开，但我们终有一天还会相遇。

她说完就把自己在瑞士的地址塞到了范正手中，她说她跑过无数地方，但这个地方是她梦开始的地方，所以他只要想见她，就永远可以找得到她。

有意思的是，范正不但没有退缩，还主动约了佐伊吃饭。

人生的相逢离散会因一时起意而南辕北辙。有时候，深思熟虑却注定离散，一往情深反而有奇迹发生。命运决定了你认识谁，而你自己决定能留住谁。

但是，两个语言不通的老人，想要谈明白一场恋爱，比我们想象得要加倍艰难。

有一天，佐伊两眼通红地出现在我们的课堂上，她带了一箱子的小镜子发给所有人，要求我们发音时必须对着小镜子把舌位与颤抖做到位。说完她自个儿也拿起一面小镜子，对着镜子照了一会儿，突然放声大哭，然后哽咽着说了一句“sorry”后捂着脸夺门而出。

4.

佐伊和范正第一次在一起吃饭时，因为付账的事儿争执了起来。

范正说："既然我是你男朋友，我当然要埋单。"

佐伊说："不能平白无故地要对方埋单，不然一半一半。"

范正一听，一下憋出内伤。

佐伊一看局面有些尴尬，立马手舞足蹈地表演自己要让步，两人拿出本子来写写画画算了半天，最后这顿饭钱范正付了三分之二，佐伊付了三分之一。

吃完饭，两人都还是觉得如鲠在喉。佐伊马上提出了解决方案，说以后吃饭之前说好谁请，说好了的，以后就不再争。

两老小孩儿一拍即合，马上欢天喜地地手拉手，和好如初。

高校联谊会那天，范正坐在第一排冲着佐伊一会儿乐，一会儿鼓掌，等佐伊从台上冲下来时，范正把一条"上海故事"的橘红色围巾往佐伊身上一搭，说："你刚才唱的什么？真好听。"

佐伊听不懂，只是看了一眼围巾，指了指自己身上的衣服，然后比画了半天，告诉范正，她的衣服几乎都是在法国的二手市场买的，不但便宜，还好看，以后不要浪费钱在新衣服上了。

令人匪夷所思的是，范正也不知道怎么就真的听懂了。他完全接受不了，衣服怎么可以穿别人的二手货呢?！他摆摆手说：

“不行，以后你的衣服都得穿新的，我给你买。”

佐伊一脸不解地也摆摆手，两人越摆手越生气，简直上升到了两国矛盾不可调和的地步。范正气得转身要走，佐伊一把拉住了他，然后颤抖着肩膀，张开双臂，在范正面前表演一架满载梦想与爱情的飞机。她想告诉他，这个世界上还有很多美好的地方，森林里第一缕阳光会铺满苔藓，植物与矿石彼此镶嵌，遇到的每一块岩石都有着时光的痕迹，她想在有生之年跟他一起去看遍世间美好，她想把钱都花在走遍全球的路上。

范正没看明白佐伊表演的植物和矿石，但是他一眼看到了佐伊的斑斑白发，还看到她像个孩子一样学飞机轰隆隆地在飞，突然鼻子一酸，一把将佐伊拉到怀里，眼泪顺着沧桑的皱纹缓缓而下，滴落在佐伊金灿灿的小卷发里。他喃喃地说了句“对不起”，过了一会儿又吐了一下舌头，说了句涩涩的“sorry”。

范正送佐伊回家，走到教师公寓门口的时候，两个人相视一笑，一个不说要不要进来，另一个也不说我能不能进来，但就是谁也不舍得分开。

从小接受西式教育的佐伊在这一刻羞涩得简直就要找个地缝钻进去，她拉着范正的衣角，踮起脚尖用法语说了句“我爱你”。范正听不懂，但他却永远都知道佐伊在说什么。他低头轻轻地吻了一下佐伊的额头，掷地有声地用汉语说了一句“我也是”。

两人手舞足蹈地互相询问对方回去要干吗，接下来两个老小孩儿回到各自的家里，开始疯狂地洗衣服。他们当天欢乐无比地做了一项幼稚的竞技游戏——比谁洗衣服洗得更快。

输的那方，以后负责洗对方后半生的衣服。

谁说只有年少时的爱情才会热烈而不顾一切，佐伊和范正爱起来完全碾压万千热血青年。

但是，生活有时候就是荒诞无稽，刚刚谋划好了最好的相遇，一转身就会想尽一切坏主意让我们失去。我们陪爱情走过了冬季，时间却把我们留在了雪地。

佐伊的合同期到了，而且她的签证是商务F签，这种类型的签证对于外籍人员来说累计续签时间不能超过两年。签证到期后必须离开中国，否则公安机关将以非法居留名义进行处罚，而一旦被遣送，大约一到五年内不准入境。佐伊把一切计划得刚刚好——就在合同到期时签证也到期，离开这个假装是全世界离海最近的大学，欢欢喜喜地回到瑞士重新出发，然后规划好下一站再启程。

可是她没想到，在这个国家，她遇到了自己等了六十年才等来的爱情。

她跑到琴行神色慌张地表演着短暂的离别，范正没看懂“短暂”。范正在三十五岁的时候经历了失妻之痛，他本以为偶尔怀念就是最好的余生，可是这个活蹦乱跳的佐伊突然横冲直撞地杀进了他的生活，打破了他的安宁，他下了很大决心要跟她牵手走完下半生，佐伊为什么不能为他留在中国？

最后两个人自认为互相确认了一件事儿：范正认为佐伊非走不可，并跑来跟自己做最后的告别；佐伊认为范正不肯等她回来，因为范正一把推开了她，掩面而泣，伸手关上了门。

5.

佐伊离校当天，背着吉他气喘吁吁地跑到我们教室，清瘦的双手突突地颤抖。她像昔日的每一堂课一样，轻轻地跳到桌子上，坐着弹唱那首布吕尼的*tout le monde*。

佐伊第一天来到我们教室，曾用这首歌给自己新的人生打好了前奏，只是那个时候我们没有一个人听得懂。

她离去的那天，用这首歌给自己的中国之行画上句号。

这时候我们班上的每个人都能说一口流利的法语，也清清楚楚地听懂了每一句歌词的意思。

我们无可奈何地打着拍子，每个人都知道她终于遇上了爱情，每个人也都知道她好像最终又失去了爱情。

每个人都哭成了傻子。

Tout le monde est une drole de personne

每个人都是别人陌生的故事

Et tout le monde a l'ame emmêlée,

每个人都有一颗不安的心

Tout le monde a de l'enfance qui ronronne

每个人都有一段懵懵懂懂的童年

Au fond d´une poche oubliée

藏在记忆的某个角落

Tout le monde a des restes de rêves

每个人都有梦想的碎片

Et des coins de vie dévastés

遗弃在生活的荒野中

Tout le monde a cherché quelque chose un jour

每个人都曾追求过自己心中的梦想

Mais tout le monde ne l´a pas trouvé

但总是找不到

……

一个月后，佐伊离开了中国，回到了她钟爱的瑞士米伦小镇。

佐伊是法国爸爸与瑞士妈妈的白种血统混血儿，她喜欢把米伦当作自己无数次走出家门的出发地，她说米伦小镇美得像是飘在天空中，是她的爱情之城。

佐伊一直在竭尽全力让自己在遇到真正的爱情之前变得更

好，所以她遗世独立地活了半生，这一路上她遇见过形形色色或爱或不够爱的人，但她从未对爱情做过让步，她不怕白发苍苍，只怕错付时光。

当时佐伊的爱情故事给了我致命一击，我突然觉得即便是等一辈子，不到最后一刻，谁也不知道他到底是不是对的人，所以人生苦短，我可以尝试着说服自己原谅所有的妥协与凑合。

三个月后，佐伊看到从齿轮小火车上走下来一个熟悉的男人。她趴在窗户上闻到了雪的清冷气息，一把把滑翔伞在山间起舞。她使劲揉了揉眼睛，她看清了屋外在发光的树叶，劳特布龙嫩山谷的悬崖在努力接近云端。这个男人离自己越来越近，她确认自己不是在做梦，然后疯跑到范正面前。

两个人安然站立，四目相对，佐伊用汉语一字一顿地说："时间和障碍会极尽所能地把我们分开，但终有一天我们还会相遇。"

范正用法语一字一顿地说："这是你梦开始的地方，只要我想找到你，总会找得到。"

两个人相拥而泣，用白首相遇抚平了历历在目、伤痕累累的往昔。

佐伊在这三个月里玩命儿学习了汉语，范正大叔在这三个月里玩命儿学习了法语。

2016年4月22日，佐伊给我发来了邮件，附件里有一张混血儿宝宝的照片和一张用红笔勾画得密密麻麻的牛皮纸世界地图的照片，她说这是她和范正领养的第三个宝宝，他们都将在瑞士长大，从梦想开始的地方离开，又回到梦想开始的地方。

牛皮纸地图上用红笔画过的圈圈，就是他们这些年走过的天涯。

我望着那张勾画了密密麻麻红圈的世界地图，笑着笑着就泪流满面，然后用汉语在邮件里写下：你优雅独立，时光又怎敢轻易负你。

因为非你不可，所以余生冷漠

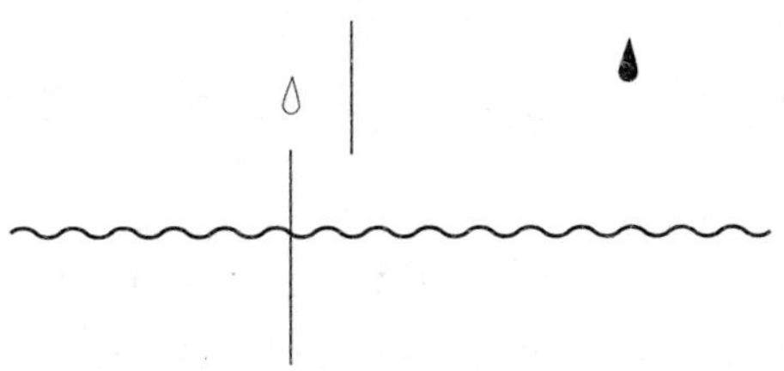

“她曾碰触过生命的实质，也曾经游戏人生，终于有一天，我们都将关上门，把一切放下。”

因为《一个人的朝圣》开篇的节奏和情节缓慢涣散，加上我对因为一个电话或者一封信引燃一个故事的开篇一直有成见，所以这本书一直拖拉到今天下午才读完。从一开始对慢与平淡失去耐心，到最后合书而泣、泪流满面。

我们对生活与爱越来越不肯付诸时间，所以也常常等不到守得云开见月明的反转。

1.

2013年春天，我在八达岭高速沿线的尚城小区租下来一套三室两厅的loft。

第二天，一个冷艳的瘦小姑娘抱着一只刚满月的金毛来看房子。进门之后，她没看卫生间，没看厨房，也没像别人一样关心一下邻居和水电物业，只是踩着细长跟的高跟鞋径直走向一楼主卧，瞟了一眼窗帘，顺着窗户往周边看了一圈，然后在卧室的大床上旁若无人地坐了会儿，就起身把订金交给了我。关门的一瞬间，她怀里的金毛朝着我胡乱叫了一声，全无狗样。

这是我见过的最不事儿的租客，所以我完全不在意那张不苟言笑、时刻准备高冷别人一身血的脸。

她叫管云霞。

她从来没做过自我介绍，也不关心应该怎么称呼别人，如果偶尔需要排队用厕所，她会隔着门喊一声：“哎，里边的人，好了没?”

这名字是我在租赁合同里看到的，落款署名的字迹幼稚僵硬。

管云霞说她十六岁就从云南昭通的一个村子跑了出来，她说的“跑”，听上去像逃婚，也有可能是离家出走，但是她说话的时候非常厌恶别人问她问题，所以我当时没敢问，以后就忘了问。

管云霞从来不跟任何邻居主动说话。

她白天会一个人待在房间里抽烟，没完没了地跟那只金毛说话。一到晚上，她的房间里会传出各种呻吟与浪叫，听上去话风不太稳定，有时候像是叽里咕噜的娇喘日式，有时候是狂野无边的oh yeah欧式。

凌晨四五点钟，每个疲于奔命的北漂都睡得五迷三道，完全没有精力从被窝里爬出来一探究竟，但是白天的时候，从来没人见过管云霞有什么男朋友。

有一天，我需要赶凌晨四点的飞机去乌鲁木齐出差，一下楼刚好撞上了一个衣衫不整的西装男从她房间里钻出来，目光猥琐地拉上裤子拉链，一脸坏笑地奔门而去。

我忍不住顺着虚掩着的门往里看了一眼，看到管云霞侧身坐在床上，一丝不挂，脸上全是泪。

我走到门口轻轻敲了一下门，她不慌不忙地看了我一眼，完全没有要穿上衣服的意思，深吸一口气说了句："进来吧。"

我从床边抽了一条毛毯给她，她不耐烦地往旁边一扔，说："我不冷。"

"你还好吧？"我一时不知道该问点什么，只好硬着头皮表达了一下关心，甚至觉得自己有点多管闲事。

"嗯，还行。"管云霞从床头柜上抓过来一盒烟，从里边抽出两根来，一根给自己点上，一根扔给我。

"我不抽烟，你没事儿就好，别哭了，男人有时候就这样，我先走了。"我看了一眼手表，忽然觉得这个房间莫名有一种排异感。

"男人？"管云霞从鼻子里哼了一下，一脸鄙夷地反问了一句。

"刚才不是你男人吗？你哭不是因为他？"我瞬间意识到自己在扮演一个无知的傻子。

"谁知道那是谁的男人，谁还会为男人哭成这德行。我家大圣病了，从昨天起水米不进，躺在那儿光知道翻眼珠子，朝着我高一声低一声地吱哇乱叫。”管云霞吐了一口烟圈，指着床角的狗窝说道。

我蹲下去看了一眼，发现大圣嘴边已经吐了白乎乎的一大片，屁股后边粘着血迹斑斑的黄便便，眼睛被渣状的眼屎糊得半睁半掩，看到有人靠近，僵直的身子猛然一抖，发出了一声近乎哀嚎的呜咽。

“小管，等八九点钟，你赶紧带大圣去宠物店看看吧，八成是得了细小，我先走了，赶飞机。”我皱着眉头起身，叮嘱了她两句，起身便往外走。

管云霞突然一下子从床上蹦了起来，“嗷”一嗓子朝着窗外的月亮吼了一声，挂在夜空的月亮像是听懂了一样，白茫茫的光晕愈发惨白，道道锋芒坚定地向屋子内输送着悲凉与惊悚。

我后背一阵发凉，锁门的时候听见她在屋里神神道道地嘀咕：“细小，细小，又尼玛是细小，这就是个没完没了的诅咒，想死就麻溜儿去死，别特么在这难受给我看……”

2.

三天后，管云霞莫名其妙地主动给我发了条信息，问我能不能早点回来，她想请我参观爱情的定律，顺便请教我点正事儿。

我当时正在北园春买葡萄和哈密瓜，看完信息后又是不可避免的一脸懵逼，一时不知道该怎么回她，于是便问她吃不吃世界上最忠诚的葡萄，可是直到出租车把我和成箱的水果装进车里绝尘而去，她也没再给我回复。

回到家，没等我把门锁转开，管云霞听到门口有动静，冲过来把门一把拉开。她眼圈发黑，头发乱得像是刚干了一仗，右边肩带掉了一根，脖子下边的青筋突突地跳。她直勾勾地看了我几秒钟，动了动嘴唇，什么都没说出来，索性直接把我拉进了她的房间。

她颤抖着嘴唇朝着大圣努了努嘴。大圣的身子开始一点点僵硬，四肢木木地伸向它得不到的世界，眼睛里开始往外渗出眼泪，一息尚存的求生欲在阳光下忽明忽暗。我吓得往后退了一步，扭过身子问她："管云霞，你让我回来，是要我陪你看一只狗怎么死去？你有病吧你！"

这些年来，我做不到心平气和地看待生死，所以就要求自己不去看生死。我始终觉得，只要我不了解过程，就能平和地接受失去与永别。

管云霞伸出食指往嘴边一放，朝着我"嘘"了一声，眼睛里闪闪发亮，说不清是兴奋还是感伤。

大圣突然张着嘴巴疯狂地哀嚎，高一声低一声，我听得毛骨悚然，想要冲上去抱走它。管云霞一把拉住我，这时大圣的最后一声哀嚎刺进了时空，身体僵成了一块木头，弥留在眼中的最后温存缓缓消失。

管云霞歪着脑袋悠悠地蹲了下来，问我："哎，你看到没？"

我突然觉得眼前的画面很恶心，目睹由生到死的过程让我感到胸口发麻，甩下一句“你特么就是有病”，转身要走。

管云霞站起来伸手挡了我一下，说：“这就是爱情的定律啊，无论你如何反抗平凡，无论你竭尽全力挣扎得多么惊心动魄，你最终都会被已经注定好的结局招安。你看大圣，尽管它死不瞑目，不还是归于平静了！”

“管云霞！你特么是有虐狗癖吧？养狗不好好养！管生就要管死，得了病也不给它治，你倒是比婊子更无情。赶紧找房子，从我这儿搬出去，放个变态在一个屋檐下，谁也过不安生。”我捂着胸口，整个人被这种具体而缓慢的失去一下凿穿。

管云霞突然捂着嘴蹲在地上“呜呜”地哭起来：“这已经是我养的第二只大圣了，第一只大圣就是得了细小，我给它买的最好的狗粮一口还没来得及吃，网购的沐浴露还没到货，新买的狗窝一天还没睡过。我带它去宠物医院打了一针，回来后就在我怀里弯来弯去地扑腾。我一会儿抱抱它，一会儿跪下来求求它，它还是一秒都没耽误，硬邦邦地死在了我怀里。”

管云霞抬起头来，顿了顿，红着眼睛接着说：“我甚至威胁它，‘你要是敢死，我就敢把你开膛破肚烤着吃，把你牙齿穿成项链戴在脖子上’。可是它还是毅然决然地离开了我，为什么一个人决定离开后，就完全没有了商量的余地？”

我低头看了一眼管云霞，突然感到一股巨大的悲凉在我身后一刀劈了下去。离开和失去一直都在同时发生，谁也说不清谁更痛，谁更悲哀。我不禁伸出手去拉她起来，想要告诉她如果我们站起来、踮起脚尖做点什么，就不会失去得这么彻底。

管云霞弓着身子往后挪了一下，伸手在身后的地板反撑一把，晃晃悠悠地站起来，擦了擦眼角的泪水说："哎，你教教我做饭，行吗？"

我被管云霞这风云突变的悲喜转变惊得两颊发木，还没来得及从刚才的悲伤与愤怒中缓过神来，又不得不马不停蹄地去应对她满眼的渴望与温存，于是长吁一口，问她："想正经过日子了？"

"不是，不是，我想给大圣做饭，周边的外卖他都吃烦了，我得给他整点新鲜的。"

"谁？"

"大圣啊。"

"大圣？大圣不是刚刚死了吗？"

"大圣是我爱的男人。"

"那你养只狗起个名跟你心爱的男人的名字一样？"

"……我想能够照顾大圣……每分每秒……不能照顾那个大圣时……就去照顾这个大圣……"

3.

管云霞啃着我从乌鲁木齐带回来的哈密瓜，一边忙不迭地嫌弃这瓜简直甜得变态，一边七零八乱地给我讲她和大圣的故事。

2012年春天，管云霞二十二岁。

因为太瘦，眼睛又太大，所以一笑眼睛就像一汪深陷的清泉，荡漾在密不透风的鱼尾纹中央。

那天，管云霞掐着手里仅剩的一千块钱，去永旺商场逛了一圈，最后从“欧时力”挑了一套背带裤套装，一摇三晃地去了定福黄庄一个做成人用品的公司应聘行政前台。

一屋子应聘人员被一个小姑娘引到一间会议室，每人被发了一支笔和一张应聘信息表。

管云霞盯着祖籍那栏愁眉苦脸地转着笔。她是她妈处心积虑从云南跑到安徽的远房亲戚家偷偷超生下来的，她妈一看是个女娃，眼泪都没抹一把，就把她送给了一户管姓人家。管云霞从小到大都在配合着大人的眼神，巧妙地躲避着各种人口普查，后来她觉得黑户其实也没什么大不了，只要查无依据，她可以想是哪儿人就是哪儿人。

可是每当填这种表格，她就不得不厌恶黑户这个身份。

上次应聘，因为顺手填了个户籍北京，一张嘴的云南粑粑味儿（粑粑，方言，指一种饼类食物，为云南特有小吃。云南粑粑味儿，比喻管云霞说话时云南口音较重）让人事部的人大为不悦，从信息不实一下子上升到满口胡言道德品质败坏的高度。他们不但没有录取她，还说她是赤裸裸的欺诈，不过他们对于这种小人物的恶作剧实在是懒得追究，于是善意而宽容地让她“滚滚滚，赶紧滚”了。

管云霞就不明白了，为啥单位招个人非得填户籍资料。于是她试图像小时候抄作业一样从身边的人那儿找答案，只是这一眼瞟过去，猛然发现身边竟然坐着一个白净帅气、轮廓韩式的男人，更要命的是，他竟然在户籍那栏填下了“北京”二字。

管云霞一个激灵，猛地倒吸一口气，一股子热血涌上脑门儿。她兴奋得像一头猎到小动物的饿狼，不禁狠狠地咽下了一大口口水，暗暗欣喜，我管云霞的春天终于来到了。

“那一刻，我哪知道什么门当户对、配得上配不上的。我从小野蛮生长，没人告诉我天界在哪儿。我敢徒手杀猪，也能豢养马群，这自信就是骨子里的、天生的。哎，你不知道，从小到大，追我的人那叫一个多啊，可是我一个都不动心，就不讲道理地觉得谁也配不上我。哎，你看，这事儿让我一说就俗了……哎，你帮我换个说法。”管云霞从迷乱的回忆中猛然抽身而出，中了邪一样，非要让我帮她找个诗意点的说法，总结一下她当时的人生状态。

我被她莫名其妙的较劲搞得特想笑，但又担心这万一是个悲伤的故事，那我提前笑场会显得有些太缺乏同情心，于是强忍着情绪变化，想了想说：“事了拂衣去，深藏身与名。”

“啊……对……对……小轨还是你有才……我就是这般高冷潇洒。哎，我当时要是能像你一样出口成章就好了……”管云霞身子一抖，喜悦上头，片刻消沉，继而悲寂。

“你接着说。”

“你猜我当时看到卢浩圣的第一反应是啥？我压根儿没想过他会不会看上我，我的第一反应是，以后如果没有他，我会不习惯。”

管云霞说到这里的时候，我盯着她认真看了下，小麦色的脸上，五官精巧耐看，眼睫毛长而卷翘，鼻梁坚挺，唇如蜜蕾，沉静时冷若欧模，蹙眉时惹人爱怜，偶尔一笑，性感得像是一个刚拍戏归来的混血儿大腕儿。我禁不住点了点头，单方面认可了她恰如其分的倾城姿色。

管云霞当机立断，上赶着办了三件事儿：一、以看时间为名，不由分说地把卢浩圣的手机一把抢过来，三下五除二地就把自己的号存上了；二、在他耳边重复三遍“管云霞”，在他一脸惊异地抬起头的最好时机，迅猛侧脸45度给他终生难忘的惊艳一击；三、不屈不挠地跟了卢浩圣一路，以一顿满是“鱼豆腐”的麻辣烫为诱惑，花光了身上所剩无几的钱，顺便获取到了一系列有助于长期作战的关键信息。

一个月后，管云霞顺利上位，她乐不可支地挽着卢浩圣的胳膊在北京的大街小巷穿行，再穿行，信心满满地以为此生必将欢喜如今朝，她好想就这么死在那段走在他身边的日子。

你一旦认定了真爱从天而降，即便他明目张胆地公然赐你悲伤、毁你过往，你也会一意孤行地坚信他永远不会伤害你。

4.

管云霞初见卢浩圣，恰逢最适合乘虚而入的时机，也遭遇了他最喜怒无常、心无波澜的阶段。

卢浩圣土生土长在北京房山区霞云岭的一个村子里，管云霞勾搭他时，卢浩圣刚跟自己相恋八年的女朋友樊思思分手。樊思思是个十足的美人胚子，地道的北京土著，与卢浩圣青梅竹马。只是到了两家谈婚论嫁买房子的环节，因为凑房款的分摊比例问题，双方家长闹得大为不悦。

卢浩圣父母是地道的农民出身，他爸爸在昌平一个驾校当教练，一个月不加奖金，底薪两千块钱；他母亲在家种种地，做做饭，收拾收拾屋子。卢浩圣从小就信誓旦旦地立志靠脸吃饭，于是完全没把上学这回事儿放在心上，并在高二那年集结了一帮社会混混打了校长的儿子，顺利加速告别了自己早就无限厌倦的求学生涯。竭尽所能后，成了一名十分不出色的的哥。

在北京买房，不仅对玩命拼搏的小北漂是个难于上青天的事儿，对那些一辈子都在盼拆却还没拆的北京郊区土著，也是难到头皮发麻。

卢浩圣父母给儿子找对象定了一个雷打不动的基本要求——媳妇必须也是北京户口。

樊思思家境相对好一些，加上年轻美貌，所以樊思思父母给女儿找对象也定了个雷打不动的基本要求——必须在北京买房，不许按揭。

两家人经历了几番互不相让、毫无进展的谈判后不欢而散。卢浩圣除了开车别无所长，他每天一看到镜子中自己那张俊朗帅气的脸就连连惋惜，于是在一个午后毅然决然地抛弃了的哥身份，跑到这家做成人用品的公司来应聘司机。

有意思的是，管云霞和卢浩圣一起顺利进了这家公司。人事经理直言不讳地说，其实招他俩进来就是在公司做颜值担当。

一开始，管云霞住在史各庄的一个村子里，一个月房租五百块钱。村子里有滚筒鸡卖，管云霞最好这一口。她天不亮就去村口排队，心怀万分喜悦地在一众翻滚于木炭上方的滚筒鸡里挑上一只身材最为匀称的，让老板多给包上几层隔油纸，然后夹在怀里一路高歌，欢欢喜喜地给住在公司宿舍的卢浩圣送去。卢浩圣皱着眉头看了一眼，说了句“什么破玩意儿，我不吃”，倒头就要继续睡去。

管云霞就张开双手在床边扑腾，忽而轰鸣，忽而俯冲，然后“咯咯咯”地学一只好吃的烤鸡在滚筒上方翻滚着的样子。卢浩圣不为所动，她就扮演小太监“扑通”一声行个大礼，求他的皇帝老子务必咬一口，这可是人间少有的极品美味，尝一口保管想一辈子。于是，玩儿心特重的卢浩圣扭过头决定给她一次侍奉的机会，管云霞赶紧撕下一根鸡翅膀奉上。

公司下午六点半下班，卢浩圣为了得到爸妈每个月给他的一千块钱生活补贴，需要保证九点之前乖乖到家。管云霞一听，皱着眉头说：“你都这么大了，还不让有个私生活了，打一辈子光棍他俩就高兴了，不许这么早回去。”

卢浩圣说：“我也不想啊，但是钱不够花，就得夹着尾巴做人。”

管云霞照着胸脯“咣咣”两下，说：“以后霞姐罩你，这一千块钱我出了。”

从那以后，卢浩圣还真是在每个月月底收到霞姐的补贴，他忍不住问她：“哪来的钱啊？”

管云霞脸一红，赶紧摆摆手说：“相公，这点小钱何足挂齿，不必多问。”

两个人第一次旅游，是去呼和浩特。管云霞查了查农行卡上的钱，精打细算了一上午还是觉得紧巴巴，于是拿着手机跟几家旅行团掰扯了半天，报了一个最便宜的团。她转身跟正在打《三国杀》的卢浩圣说：“大圣，咱俩坐硬座过去行不？时间也不是很长，才九个小时。”卢浩圣没说话，一脸红光地疯狂战斗。管云霞以为这是默许了，于是把票订上了。出发前一天晚上两个人互道了晚安。第二天一早，一个人去了机场，一个人去了火车站。卢浩圣左等右等没看到管云霞，一打电话才知道买的是火车票，扯着嗓子连骂了两句“傻娘儿们”，电话一关，拉着行李箱就回了家，管云霞就一个人哭着跑去房山找他。

到了房山管云霞才知道，原来房山好大，她先是跑到报刊亭、小超市打听一户姓“卢”的，可是每个人都对着她摆手。她一屁股坐在地上放声大哭，那一刻她恨透了世界的广袤无垠，她觉得世界的蔓延是对寻找的犯罪。

后来，管云霞啃着鸡蛋灌饼在良乡大学城站死等，一看到卢浩圣穿着她送的那套超级帅气的运动小套装，兴奋得原地蹦高，就要扑上去喊万岁的瞬间，管云霞突然发现他右手边还牵着一个甜美的姑娘，卢浩圣笑吟吟地看着她，伸手勾了一下姑娘的鼻尖，目光里全是垂涎与怜爱。

管云霞看着这样的低三下四实在是眼熟，喃喃地说了句：“真像一条狗啊！”

5.

樊思思掉头杀回来了。

管云霞晚上回到住处，看着墙面白漆剥落，听到窗下有人操着一口地道的四川普通话喊了一声“收头发喽”。她伸出头去望着小巷子里人来人往，感到无限的落寞。大栅栏旁的按摩店兜售着霓虹世界里的风尘与神秘，那一刻她似乎看到了一个陷落的老上海在似水年华中垂暮老去。她把头缩了回来，冲到水龙头下用冰凉的自来水洗了个头，狠狠地捏了一把自己的胸。

越来越多的人，看多了谁先爱了谁就输的故事，于是开始理智地怀疑爱情的永恒性，小心翼翼地试探，畏首畏尾地观察，最后得到了一份并不吃亏也不非谁不可的爱情，而后徒然相耗，而后寂寂终老。

但是对管云霞来说，爱情就是一个绝对的游戏，她推倒一切男女分工下的固有社会规则，力求竭尽所能地供养她所爱的男人，她决定玩一个非你不可的游戏。

管云霞像一切都没发生过一样，照样去给卢浩圣送一日三餐。管云霞不会做饭，卢浩圣又不肯吃路边摊，于是时间一久，送饭机制就得到了规范：早餐庆丰包子铺，中午吉野家，晚上莜面。

直到有一天，卢浩圣看了一眼桌子上热气腾腾的莜面，叹了口气，一把抱住管云霞说：“霞姐，我们分手吧，我还是觉得我们不合适。”

管云霞在他怀里抖了一下，慢腾腾地挣脱出来，目光灼灼地瞪着卢浩圣，等着他说一句对不起，或者什么都不说，再抱抱她。

可是卢浩圣说完那句话就点上了一根烟，半晌也没再说什么。过了会儿，又突然回过头来问了句：“北京是不是要下雨了？”

管云霞抹了一把眼泪，看了一眼窗棂上未落的阴云，说：“没事儿，你该分手分手，我该送饭送饭。”

卢浩圣把烟掐灭，说：“霞姐，我妈不可能同意我娶个外地姑娘，所以我也不想耽误你了。这么说，你能听明白吗?”

管云霞咧着嘴笑了一声，说：“小时候，我想吃大白兔想得要死，但总是在做梦的时候被粘到牙，在梦里恨大白兔恨得要死，拼命想办法让牙齿清爽，可是一醒来就特别渴望牙齿被粘上。我暗暗发誓一定不咀嚼，就让它在嘴里慢慢化。”

“说什么呢？你没事儿吧?”

“大圣，我如果在北京买了房子，那我还算不算外地人?”

卢浩圣冷笑了一声，说：“霞姐，你是不是傻了，你一个月三两千的工资，还想在北京买房子？你当是你老家开荒，自己拉砖头盖鸭棚吗?”

“你就说算不算?”

“……算，有了房子，就算是北京人。”卢浩圣说完之后突然叹了口气，骂骂咧咧地说了句，“大爷的，去他丫的房子。”

管云霞就像失忆了一样，第二天又买了饭往公司宿舍走，迎面看到卢浩圣一只胳膊夹着篮球，另一只手拉着樊思思从楼上下来，他们路过她的时候，一秒都没有停留。一向争强好胜的管云霞提着快餐袋子，抖得像个癫痫病人，她好想冲上去给那个不要脸的女人点颜色看看，可是他们绝尘而去的身影让她瞬间变成了那个夏天里并不入流的灰色，灰头土脸，灰心丧气，灰飞烟灭。

不久之后，人事经理找管云霞，说公司不允许内部员工谈恋爱，她和卢浩圣只能留一个。管云霞怔了一下，她想说她跟卢浩圣其实已经分手了，可是一张口却问了句："卢浩圣怎么说?"

人事经理叹了口气说："小管啊，一个外地姑娘出来打工，找对象还是得长点心眼儿啊。"

"他到底怎么说的?"

"小卢说他想留下来。"

"他让我走?"

人事经理点了点头，一脸怜悯地看着眼前这个瘦得颧骨突出的小姑娘。

"哎呀，我也是这么想的，我早就想辞职了，反正我找到新工作了。"管云霞愣了一下，试图假装冷静，却一下子从凳子上弹了起来，猛地一抽鼻子，接着就哈哈大笑起来，笑着笑着就有些上气不接下气，最后笑到干咳，不得不捂着嘴哭成了笑话一样的大傻瓜。

2012年7月，北京接连几天阴云密布，管云霞拉开窗帘注目并期待。天空开始变化无常，不眠不休地玩着一种忽远忽近的无聊游戏，终于在一个午后，冷暖相逢在北京上空，热闹效应无休止地发酵，像两个干柴烈火的狗男女，急不可遏地扔掉了所有前戏，劈天盖地地在电闪雷鸣中表达着彼此的狂热，然后五百年来最大的一场暴雨倾盆而下。新闻里一天中发布了六次预警，反反复复地播着暴雨所及的重灾区。管云霞听到淹没与伤亡，耳根一颤，娇喘连连地从一个男人身上猛地挺直了身子，翻身跳下。

口中大叫着“房山，房山，房山”，然后，伸手抓了几件衣服，一边跑一边穿，手忙脚乱地冲进了暴雨中。

6.

为了避免管云霞去卢浩圣家里瞎闹，卢浩圣自始至终也没告诉过管云霞自己家究竟在哪个村子，更别说带她回家。

管云霞抓耳挠腮地在房山区乱跑一气，浑身湿得像是刚跳完湖。

管云霞尝试着打了一下卢浩圣的电话。她靠在地铁站的青泥墙边，毫无指望地垂着脑袋，像是一棵早已被判处了终身孤寂的鸡血藤。

“霞姐。”电话竟然通了。自从管云霞离开公司，卢浩圣就再也没有接过管云霞的电话。

管云霞浑身一抖，像是接收到了人工电击的刺激一样，一下清醒了过来：“大圣，大圣，是你吗？你还活着吗？你家被淹了没？”

卢浩圣在电话那头顿了一下，说：“人没事儿，就是房子塌了，我没家了。”

管云霞兴奋地连忙说：“人没事儿就好，人没事儿就好啊，我大圣活着就好。”

卢浩圣在电话那头儿持续沉默，管云霞一想到他会像以前一样，在沉默中不肯说再见，悄悄地挂断电话，突然就紧张起来，脑子里疯狂地寻找着可以让卢浩圣愿意多听两句的话题。一道光芒闪过，她一阵欣喜，悠悠地问了句："大圣，你娶樊思思的房子钱，还差多少？这些都算霞姐的了，你再给我半年时间，霞姐罩你。"

那天管云霞从房山回来后，开始去按摩店工作。一开始坚持做手艺人，可是后来发现在按摩店里，手艺人不但不被尊重，而且是收入最低最被人看不起的那部分人。后来她抽了一晚上烟，满脑子里翻腾着卢浩圣在华北电力大学打球的样子，他阳光，他跳跃，他是她此生至爱，想着想着就嫣然一笑，伸手套上了一件冰丝睡衣，哼着小调下楼接了人生中的第一单客。

后来是KTV，后来是流动作战，后来就成了名噪一区的楼凤。她每天收工后，会从床底下拉出那个放钱的箱子，再用手机查查日渐丰满的存款余额，光着脚在地上"当——当当当——"地哼着婚礼进行曲，冷不丁地一扭身子，笑嘻嘻地说一句"我愿意"，然后眼睛里渗出冰凉的泪水。她失魂落魄地走到镜子面前，一动不动地盯着自己，像是在目送一场急吼吼的离别盛宴。她一次次试图混进去成为主角，却一次次地被踢出局，她注定只能成为一个戏外喝彩的观众。

管云霞住到我这儿来的时候，她刚刚把毕生积蓄存进一张光大银行的卡，信誓旦旦地交给了卢浩圣，当着卢浩圣的面用手机展示了一下余额，卢浩圣大吃一惊："霞姐，你哪儿来这么多钱？"

管云霞一耸肩膀，"咯咯咯"地笑得花枝乱颤，摆摆手说：

“相公，这点小钱何足挂齿，不必多问。”

“后来呢？”我听到这里一阵唏嘘，真想“咣咣”给她俩大耳雷子让她清醒一下。

“什么后来？”管云霞把吃完的甜瓜皮扔进垃圾桶，一脸平静地看着我。

“后来，卢浩圣就拿着你的钱，买了房子，娶了别人？”

管云霞点点头，笑着说：“那当然了，难不成还娶我啊？”

“你这说的什么话？凭什么不能娶你？”

“娶我？我配吗？我多脏啊，哈哈哈。”

我突然心口一阵发闷，手脚尴尬得一时间不知道该放哪儿。硬着头皮把果盘一把拉过来，心不在焉地摘了一颗葡萄，刚要送到嘴边，突然想起来一个事儿：“小管，所以你现在是拿我这房子干楼凤的买卖？”

“楼凤？我早不干了。”

“怪不得你第一天来就先看窗帘，什么破职业病，得改改。那那天那个老男人是谁？”

“是一个北京男人，离异，没孩子，我们是合法的。”

“合法的？你要嫁给他啊？”

管云霞摆摆手说：“我再皮糙肉厚，也没脸跟这种类型的男人过一辈子，他单身，我未嫁，我缺钱，他愿给，在一起各取所需，两相欢喜。”

听到这里，我不禁抽搐了一下，抚着胸口站了起来：“你都达成所愿了，钱的事儿，以后靠自个儿慢慢来，青春比什么都金贵。”

“嗯，那男的是最后一次来我这儿了，卢浩圣的按揭，我终于还清了。”

我回身看了一眼已经僵硬如木的大圣，又看了管云霞一眼：“卢浩圣的小名是叫大圣吧？”

管云霞这才回过神儿来，冲到墙角抱着死去的大圣号啕大哭起来。

《超脱》里说：“不论幸是不幸，你的挣扎，无人能见，无人能懂。”

爱常常很短，遗忘却从来漫长。

我有时候特别想捂起耳朵将那个故事挡在躯体之外，但我却不得不听这个此生非你不可的故事，也见识了这个余生冷漠的女子。

姑娘，下一次为爱奔赴也许依旧难逃悲恸，但请你努力别再让自己成为回忆的观众。

天才少女的青春危机

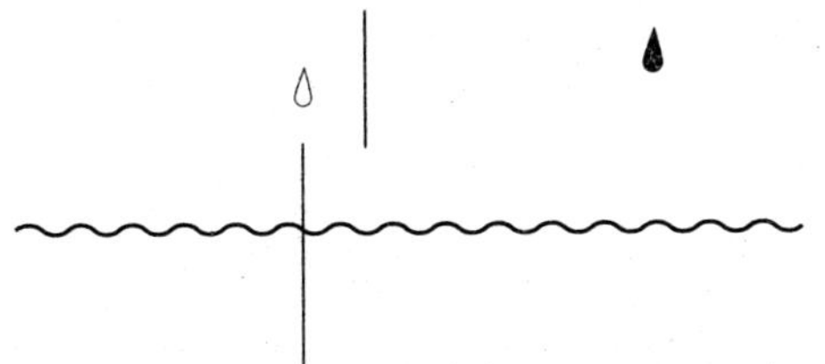

今天是“5·20”，一向淡泊的我，也没打算在这个莫名其妙的日子有所异动。

但是上官晴空突然给我发来信息，说：“唉，小轨，要不要今天我发你520块，然后你再发我520块啊？反正大家都在截图装作秀恩爱，咱俩也假装有人爱，玩上一把。”

我听完差点儿笑哭，上官晴空这一生，魔幻而好玩，她几乎启蒙了我整个青春。

每个人的青春里，都曾遇到过一个放荡不羁的“坏”女孩，而能让事情变得更有趣的关键点是，她还不小心是一个智商超高的天才。

1.

2003年，我上高一，老师拿着大喇叭把所有的同学都撵到院子里去，然后举着一张写满名字的纸，按照一个优秀搭配一个略差的学生的标准，不出半小时，就轻而易举地把我们按照学校认为的科学办法配对同桌成功。

那天，所有的少男少女都喜忧参半地坐进了教室。

在我身边落座的，是一个长发垂肩的女孩，嘴唇涂得像是刚喝了两碗血，牛仔裤上磨得全是破洞。

她瞟了我一眼，没有做自我介绍，也不打算弄清楚我叫什么。她不慌不忙地从一个黑色柳丁小背包里掏出来一块四四方方的手绢，先是擦了擦手，然后开始认认真真地擦桌子，整整擦了一节课，直到桌子被她擦掉了一层油，露出了光怪陆离的黑漆，她仍没有停下来的意思。

这期间，我一直在偷偷观察她，自始至终她都没抬头看过黑板一眼，更不用说认认真真做啥笔记，因为她压根儿连个本子都没有。

从小，我妈妈就告诫我，哪怕跟二的人做朋友，也千万不能和不三不四的人在一起玩儿。

所以第一天上课，我就高冷地与她划清了界限。上课做笔记的时候，我明目张胆地用左手一直遮挡着我的作业本，唯恐她做出不劳而获抄袭我笔记的无耻勾当。

尽管我们两个人的脾气都不太好，但是同桌了一段时间后我们却相处得十分和睦。

我上课认真听讲，她照镜子；我做笔记，她挤痘痘；我敏而好学主动站起来回答问题，她打着哈欠看武侠小说；我晚自习做卷子预习第二天的功课，她拿出小梳子把头发梳理整齐后就花枝招展地跟着一个高个子男生一溜烟跑出去野得无影无踪。

一个月下来，月考摸底考试，皇天不负有心人，我的勤奋让我从全班第36名上升到第12名。老师是从倒数第1名开始叫名字的，叫到名字的，就去台上领成绩单，我同桌是最后一个上去的。

当老师叫“上官翠翠”这个名字的时候，我差点儿笑尿。但是当我同桌站起来的时候，我又差点儿吓尿。

几乎所有的科目她都拿了满分，老师在进行成绩总结的时候我实在是心乱如麻，一句话都听不进去，上官翠翠看上去也闷闷不乐，手里拿着一根削尖的铅笔转来转去，不时地吹着额头上的碎刘海儿，焦躁得像是一个气数将尽的母蚂蚱。

我当时特别想给她装的这个相打个满分，考了第1名竟然面无喜色，这得修炼多少年才能把相装得如此这般不露声色，毕竟她才是一个十六岁的小姑娘啊。

第二天上午，她没来上课。

2.

班主任向我打听她去哪儿了，我斩钉截铁地表示自己对此事一无所知。

下午的时候，上官翠翠突然回到了教室，心事重重地坐在我身边，主动问我有没有老师查过她的岗。我如实相告，并劝诫她以后逃课还是跟班主任扯个谎请个假比较保险，否则难保他们不会把娄子捅到家长那里去。

上官翠翠说，她其实根本不屑于撒谎，但依然对我的建议表示了感谢，并拜托我帮她一个忙儿。

她起初看见我岿然不动，完全一副不见好处不答应的架势，马上就提出了回报方案，她说：“通过这一段时间以来我惊鸿一瞥式的观察，我看你很有可能是一个理科白痴，每次上物理化学课，你的眉头拧巴得跟个螺丝钉似的，你尝没尝过物理测试拿满分的滋味？”

下午第三节课果然物理测试，这让我惊诧不已，上官翠翠连老师什么时候会安排考试测验都知道，简直就是一个小巫婆。

上官翠翠让我在卷子上写好学号和名字，然后不耐烦地转着手中的圆珠笔，问我：“小轨，写好没？快点，别耽误我的用时纪录。”

我说：“好了。”

她一把抢过我的卷子，手起“刀”落，十分钟后，把笔帽一盖，说：“去交卷吧。”

我说：“会不会太张扬了？再检查检查吧。”

上官翠翠一胳膊肘就把我挤到了地上，我龇牙咧嘴地拿着卷子走上了讲台，老师目送我离开的同时，全班同学的诧异目光万箭齐发般地射在了我的小毛衫上。

“感觉怎么样？”上官翠翠问我。

“略爽，但有些担心。”我掩饰不住内心的喜悦。

“你怕我不能给你答满分？”上官翠翠瞪大了眼睛。

“毕竟你都没检查。”我道出了内心的忧虑。

“要是没答满分，我从此以后就不叫上官翠翠了。”

成绩下来后，上官翠翠果然没有答满分，她给我考了99分，因为有一道题的题目本身就出错了。老师说，这道题不作数，全班都不得分。

尽管如此，我依然是这次测验的全班第1名。上官翠翠为了让我踏踏实实地享受一把独占鳌头的滋味，她把自己的卷子特意留了一道题空着没做。

但是她依然说，不管什么原因，一个人就是要做到言必出行必果，所以，她要改名。

我对此非常过意不去，还一本正经地劝了她很久，但是上官翠翠不管我说什么都不听，铁了心要改名字，我从此以后对她敬佩有加。

直到后来我才知道，那个逃学的上午，她是回去给她妈妈开会去了。她说她再也忍受不了翠翠对上官姓的侮辱，她的智商以及她的美貌早已在体内形成了洪荒之力，每当有人叫出上官翠翠这个名字，她就恨不能马上死去。

她妈妈不以为然了一段时间后，终于在那个上午被她一本正经的威胁所打动，不得不同意带她去改了名。

上官翠翠从来不打无准备之仗，她说，很牛的人，最怕膨胀，即便手里有牌，也一定要做一个低调的人。

上官翠翠给自己起了个名字，叫上官晴空。

我收了上官晴空的好处，于是在那个周末的晚上，我要帮上官晴空办一件事儿。

3.

上官晴空爱上了高三一个叫陈赫的学长，陈赫第一次来班里找她，我就看出了他的学渣本质。

为了不再产生以貌取人的误会，我主动向上官晴空询问了真相。

上官晴空兴致勃勃地告诉我，陈赫不但是一个连考试都不考的学渣，还跟活动在学校对面商品房区的小混混们打成了一片，他有本事带她在方圆三公里以内横着走。为了让我相信陈赫的本事，她还在我亲眼见证下跟陈赫去对面的佳佳快餐吃了一顿三十六块钱的霸王餐。

周日一大清早，上官晴空就从寝室床上爬了起来，穿上一双十厘米高的高跟鞋，还套上了一件紧身的咖色皮裤，拉着我走进拂晓。看着天空从一片血红转为清一色的淡蓝，她语重心长地向我表述了她的大计划。

周六晚上，陈赫的兄弟会要开party，她想作为陈赫的女伴参加，但是查房的楼管阿姨早就盯上了她，每天敲开她们宿舍门往屋里极目望去，唯一的目的就是确认她是否夜不归宿。

“那我也不能变成你啊。我变成你了，谁来假装我啊？”我立马提出了计划中的硬伤。

“你不需要假装任何人，你只需要在半夜一点的时候，帮我卸掉你宿舍和我宿舍的床单，然后帮助我把床单打结接好，把床单顺着空调管子放下来。你在上边拉着，我往下爬就行——宿管阿姨在 点以后睡得像死猪一样，即便憋着尿，也只是在梦里哼唧两声翻身睡去，根本就没有起来过一次。”

“你这都观察好了？”

“聪明人不打无准备之仗。”

“我还是不敢。”

“你怕啥，被抓住了你就说我逼你的，宿管阿姨肯定信。瞅你这人畜无害的小脸儿，往那儿一站就有群众基础。”

“不是，我是怕摔死你。”

“哦。”上官晴空突然眼圈有些泛红，过了一会儿，她拍了拍我的肩膀，说，“你这个朋友，我算是交定了。”

零点三十分，上官晴空在我寝室门外猫叫了一声，我穿上衣服出来，问她：“想好了吗？万一摔不死也可能摔残，到时候即便改名上官腾空也不好使了。”

她说：“不必多言，问世间情为何物，直教人生死相许。”

于是，我们动手，踩着桌子蹑手蹑脚地卸窗帘，蹲在地上一声不吭地打结，一人在一头如野猪般猛拽，一切准备完毕后，手拉手来到了二楼。上官晴空说，这两层层高五米八，即便是摔下去，脑子也不会摔坏，只要精神不死，肉体就总有翻身的机会。

月亮的轮廓越来越清晰，上官晴空开始做准备动作，弓步压腿、少年拳、瑜伽混搭了五分钟后，一条腿骑上了窗户。她大义凛然地看着我，苦苦思索着临终遗言与未知世界的可能，正当她为爱情去意已决的时候，巡逻保安拿着探照灯朝着她一阵猛晃，确定是个活人之后就一边吹哨子，一边大声吼："干吗呢？大半夜跳楼啊！"

从来不起夜的宿管阿姨被惊醒了，她看到我们俩在夜色的白窗帘下跃跃欲试，吓得两腿一软，跪了下去。上官晴空的逃跑计划失败，但不知道她给班主任灌了什么迷魂汤，所幸这件事没有被告知家长，但是一个月内她被学校的心理疏导室主任叫去了三次。

上官晴空哭丧着脸，对我说，这一次给陈赫丢了颜面，他俩的感情很有可能从此就有了裂痕。

4.

陈赫果然生了一个大气，上官晴空伤心欲绝，她决定节衣缩食，为陈赫买一条名贵的裤子以求破镜重圆。

一个午后，我在教室背书，上官晴空转身看了我一眼，告诉我做人不要太努力，然后低下头开始挥笔起舞。我忍不住内心的好奇，探过脑袋去看了一眼，只见上官晴空已经列了整整一张纸：

周一，早饭1元，午饭2元，晚饭2元，笔芯1元，卫生巾3元，公交费3元，奶茶补脑1.5元；周二，……

“你这是干吗？”我看到她细致得惊人的生活流水账不禁愕然。

“记账。”上官晴空眉头紧锁，笔头一下子停住了。

“买了啥忘记了？”

“忘记？开玩笑，我上官晴空就从来没忘记过什么，我是想在这个地方列上怎样的名目能显得合理又必须。”

“我靠，你这是在……做假账？”

“差不多。陈赫看中的裤子，是KAPPA的，我一个月生活费才一百五，等我攒够了，他早就移情别恋了。我得做一个翔实的流水支出方案，好让我妈看完之后，相信我目前的生活状况确实紧巴巴的，并主动要求给我增加生活费。”

“你果然是个天才。”

“天才也没什么毛用，还不是被情所困。”

果然，在第二个月，上官晴空就从她妈妈那里领来了两百块的生活费。为了尽快买到那条陈赫心仪已久的裤子，她以贩卖第一名为代价，从我们班的千年老二那里拿走了一百块的好处费，又从我这借走了五十块，一气呵成拿下了那条裤子。

当天，陈赫就跟上官晴空牵了手，还在学校对面的拉面馆拐角处进行了一次正式的接吻，两个人亲得唾沫横飞，却心满意足。

上官晴空高兴得简直就要振翅高飞，她详细给我描述了异性之间肢体接触的美妙，她说她跟陈赫拉着手走了大概三公里之远，掌纹之间互相渗透着汗水。他们十指相扣、一言不发地走啊走，一言不合就重复一下接吻的美妙时光。嘴唇和嘴唇的相碰，舌头与舌头的嬉戏，让她感受到了做鬼的风流与满足，甜蜜到无以复加，还扬言要给我介绍一个十足的帅男生帮我开启这段美妙的旅程。

尽管上官晴空说得眉飞色舞，但我依然不为所动，因为我倾尽所有精力每天趴在那里写写算算，也依然考得一塌糊涂。上官晴空说，不管是好姑娘，还是坏姑娘，只要选自己喜欢并愿意负责的路，就能到达自己的罗马王国。还说我一门心思跟自己并不擅长的理科死磕，其实就等于在机场等一艘船，在楼下等一只看我一眼就恶心想吐的男生，只能让自己倍加难堪。

上官晴空每天都往自己身上喷各种味道的香水，她说她能从不同的味道里闻到不一样的静谧，而冬天一来，我就迅速穿上了最厚的棉裤，每天胖得像一个被人抛弃的企鹅，不动声色地扭动在校园的各个角落。

上官晴空几次三番地问我，为什么冬天我需要穿那么多衣服抵御寒冷，而她过冬就只需要一条单裤。

上官晴空在大雪纷飞里只穿一条单裤，没错，连秋裤都不穿，再加上她前凸后翘，行走如风，所以她的美丽妖艳足足绽放了四季。

很快就有各种各样的男生垂涎于她的高冷与特立独行，还把她称为学校里独一无二的冰雪女王。

艺术班的一个大姐头听到了极为不爽，在一个午后率领一帮流里流气的女生拦住了上官晴空，照着她的左脸就是一个大耳光。上官晴空根本就不是一个好女不吃眼前亏的主儿，撒丫子就要张牙舞爪地与这一大堆女学姐斗。这帮女生一看小丫头片子还真是不要命，于是也毫不客气地把她往死里揍了一顿。

晚上，上官晴空躺在寝室的床上，凄然地望着天花板。我把一个肉夹馍带到她的床前，她说了谢谢，然后鼻青脸肿地三口吃完，告诉我，她伤心了。

我问她："确定不是伤身了？"

她说："是伤心了。"

我问她："为啥啊？"

她说她把挨打的事儿告诉了陈赫，陈赫不但没有为她出头，还说那帮女孩子的背后，个个都有个能打的男朋友，要不然也不至于这么嚣张，以后还是收敛点为好。

我说："陈赫这么尿包啊?!"

她一脸忧伤地说："是啊。我本来就不在意什么学霸学渣的，我在意的是，原来我喜欢的少年，他并不勇敢。"

可是上官晴空并没有跟陈赫分手，还把这段奇异的爱情持续到了她的高三。陈赫毕业之后全心全意地投入到了混混这项职业，他们依然会十指相扣，去挨家挨户吃霸王餐。

直到高三下半年，陈赫被血肉模糊地送去了医院。

5.

"陈赫被人砍了?"我听到这个消息后向上官晴空证实。那个时候，她已经分进了理科七班，而我留在了文科二班，正如她所说，我真正的好日子终于开始了。

"嗯，但是陈赫也砍别人了。"上官晴空眼睛里满是赞许。

"那这是互殴啊。"

"没错，都是小混混，一边一个大哥，砍了就砍了，两边说两清了，谁也不再追究。"

"那你怎么办?"

"什么怎么办?"

"陈赫被砍了啊。"

"我知道啊，他头一天还想骗我上床呢，我说我还小。"

"啊！这也太猖狂了，怪不得被砍。"

“也不是这个逻辑。陈赫说，他这辈子吧，就只愿意上我一个人，冰雪聪明，又漂亮。别人白给他，他都不带干的。”

“这话说得挺是条汉子的，那你不去看看他吗？”

“嗯，不去。这都高三了，我都还没正经学过习，都从年级第一直接掉到班级第一了，好久不争了，想刷刷存在感。”

“你说争回来就能争回来啊，你再聪明，也比别人少努力了将近三年呢。”

“我想争就能争回来，我只是担心一点。”

“什么？”

“青春危机。”

“你说什么啊？不都说中年危机嘛，你咋还有青春危机呢？”

“你不懂。你们都被自身的局限阉割了，意识不到青春在我们身边盛开。我们每一次靠近它，它都会给我们不同的意义，这是我们一生中最热烈的季节，但是我们把一腔的热情都给了盲目，我盲目爱，你们盲目学习，总之都在患得患失，都把自己挤上了一座独木桥。”

“晴空，并不是每个人都像你一样聪明，所以不聪明的人，就要付诸努力，然后争取将来能多点选择的余地。”

“算了，我们不讨论了，我的青春危机山高水长，跟你们的永远不一样，也没什么好讨论的。”

高考成绩出来之后，上官晴空以726分的成绩夺魁，稳稳地刷了一把她怀念已久的存在感。

我也算不清时隔了多少年，反正她一路从清华杀到麻省理工攻读完了博士学位。

今年过年的时候，她约我出来玩儿。她一脸灿烂，至今未嫁，还告诉我说，为了让自己理所当然地剩下，她不得不去读了个博士，这样就没人觉得她单身一辈子是件奇怪的事儿了。这个理论甚至把她妈都征服了——女博士嘛，就该一个人过一辈子。

这些年过去，她依然活得惊世骇俗，张嘴就能吓得人屁滚尿流。

我说："那你现在干吗呢？"

上官晴空说："在搞科研，研究天体物理啊。"

我说："那也挺好，喜欢做啥就做啥吧，青春危机终于度过去了吧？"

上官晴空眨了眨眼睛，把头发撇到胸前，低着头扒拉了一会儿，然后一鼓作气拔掉了一根白头发，放到我手里，说："你看，我在漫长青春期受过的苦，全在这里边了。"

"后来陈赫没再找你啊？"

"能不找吗？我又美貌又多金又瞎的。"

"那你没由着青春两眼一闭就跟了他啊？"

"哈哈哈，你快别逗了，谁年轻时还没爱过一个混蛋啊。你有没有发现，那些青春期时觉得高不可攀的男生，现在再看，是不是觉得当初瞎了我们的狗眼。”

“那看来你的青春危机是真度过去了。”

“嗯呢，度过去了。青春年少时，觉得失去一个人是天大的事儿，等长大了，才知道，最大的危机，是找不到一个可以让自己害怕失去的人。”

青草疯长，绿水无言。

年少时，我们最害怕的事儿，就是失去一个人。

后来的后来，我们才知道，找不到一个可以让自己害怕失去的人，才最可怕。

他终于如愿懒死，
却过上了他想过的日子

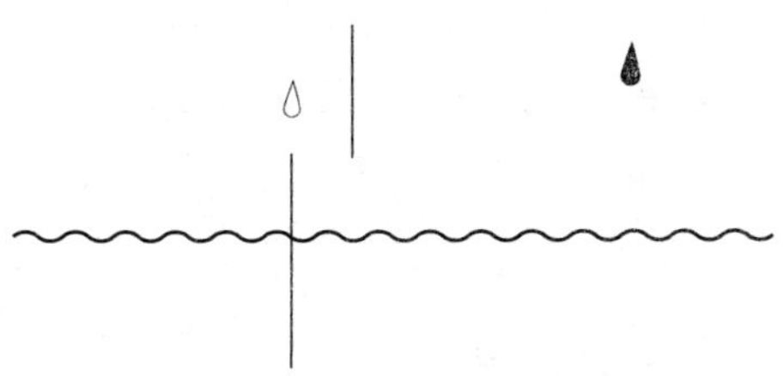

我妈跟我说，小区二期的烂尾楼有人接手了。

可是第一天施工，就在场湾那一片荒地里挖出来一具尸体。尸体完好而安静地仰面朝天躺着，周边全是方便面袋子和火腿肠塑料皮，吓得建筑工人鬼哭狼嚎，非要找包工头加工钱才肯继续干。

小区里几乎每个人都知道死的是谁，可是大家都绝口不提。

1.

我九岁以前，只有两个爱好：下象棋、打牌。

六岁起，我就因为这两个爱好红透了整个村子。我们全村老头儿都致力于轮流拿着马扎跑到我家的凉棚底下向我挑战，可是他们都无一例外地被我杀得茶饭不思，几乎要失去了生活的勇气，还有的索性趁机说自己急火攻心，气得好几天都不能下地干活儿。

六顺比我大十六岁，是我们村里最帅的无为青年，肤色挺白，少言寡语。他也只有两个爱好：老老实实观察我跟各种各样的老头儿在象棋桌上厮杀，积极替补打牌桌上被老婆突然叫回家刮土豆的尿包。

尽管我们俩的爱好恰好在同一领域，但是因为我六岁，理所当然地被传成了的一代神童；而他二十二岁，只能被唾骂成了一个不学无术、游手好闲的懒汉。

尽管如此，六顺对此毫不在意，因为他懒得张嘴，所以我也无法听到他对此事的任何辩解。如果实在是被我问急眼了，他也有对付我的方式，就是微笑——持续缓慢的微笑，牙齿绝对不会露出来，嘴唇上的八字胡会顺着一个表达微笑的弧度微微翘起来。后来看到《疯狂动物城》里的闪电时我伤感地想起他。

我对此也毫不在意，而且我十分讨厌街上的老妈子因此对六顺评头论足。

我还偷偷向我妈表达了我的观点：长得好看的人，自然有与众不同的活法，他们就应该忙于把自己输送到各个热闹的角落去展览，去供养并陶冶众生的审美，犯不着跟其他人一样非得靠劳动致富。

我妈听完毫不客气地踹了我两大脚，还说让我以后离六顺远点儿，懒是病，能传染。

六顺每天早上七点钟会穿上一件白衬衫，袖子上的扣子要扣到手腕，然后跟上班一样，背着手带着马扎来到我家的凉棚下，直挺挺地坐好，迎接这一天的美好。

为了不招致我妈的反感，他会主动掏出钱来我家小卖店买一包青州烟，等七点半能凑齐一桌后，他就挨个儿给大家分烟，所以打牌的那帮人，挺喜欢他在旁边待着的。六顺像个聋哑服务生，光干活儿，净微笑，不说话。

我放学后，会主动跟六顺打招呼。他就像一个对我倾注满满希望的老爷爷一样，朝着我一边点头一边“啊”一声，然后两眼放光地看我把书包一扔，一屁股坐下来，把这帮老弱病残们杀个片甲不留。

等人群将要四散而去的时候，大家都会以输惨了为名，极不耐烦地把牌和棋子儿使劲往中间一堆，甩手走人，分分钟作鸟兽散。

只有六顺，他会耐着性子帮我收拾残局，并把所有的马扎归拢到卖店旁边的小仓库里去，然后连个再见都不说，帅而优雅地绕过一根电线杆，迈着一个成功小白领式的悠闲步伐，亦步亦趋地消失在路的尽头。

劳动人民最看不惯大闲人，但是人家六顺跟着他妈妈和哥哥有吃有喝，也不向任何人伸手要钱，所以他们再怎么看不惯，也无法拦着他安逸地长大。

一个黄昏，我放学后，三下五除二，在十分钟内干掉了赵大爷从邻村请来的无敌棋王九哥。

九哥之所以是九哥，是因为年轻时他在赌局上输掉了一根小指。

六顺看到我势不可当地将战火燃烧到了邻村，在旁边高兴得像一只兴奋的大猩猩一样前仰后合地拍着桌子，冲着我猛竖大拇哥。这时候村子里突然跑出来一个人，站在村口的磨坊前，冲着六顺大声喊："六顺，六顺，你家出事儿了，你快回去看看吧！"

六顺"腾"地一下站了起来，喃喃地说了一句："谁死了？"

牌桌上的人面面相觑，都说，傻小子怎么这样啊，要么不说话，要么乌鸦嘴。

六顺拽了拽白衬衫，双手抱拳，向我们一一辞行，然后运了一口气，蹲在地上，以百米赛跑的姿态，将自己迅猛发射了出去。

接下来的一个星期，从不缺席的六顺都没有出现过。

2.

九哥骑着拉水的三轮车路过我家的时候，一下拉了手刹。在三轮车上东张西望了半天，确定他老婆不在附近后，便从三轮车上跳下来，坐在门外的破沙发上抽烟。他说他最近活够了，他本来以为自己到死都天下无敌了，临了还让一个黄毛丫头给灭威望了，连村西头的赵寡妇看见他的时候也不主动娇滴滴地喊他一声九哥了，昨天回家邻居家的鸡都飞奔过来要啄他，这一桩桩一件件，他一想起来就根本咽不下去饭，这几天他老婆还天天撵着他去地里干活儿，但是他一面朝黄土就更觉得自己实在是窝囊。

“那九哥你想干吗？”我转身从屋里拿出来一袋方便面，边啃边忍不住问了九哥一嘴。

“咱俩再下一局。”九哥吐了个烟圈，气定神闲地注视着远方。

“再下你也是个输。”我头也没抬地把话头接过来，用牙齿把方便面调料包咬开一个口，左手碾碎方便面，右手倾洒调料。

“小丫头，这么小不宜锋芒太盛，给你讲九哥这指头是咋没的。”说着，九哥就把少了小指的右手伸到我眼前晃。

“九哥，你快别拿你少根指头这事儿忽悠人了，这是你的耻辱，又不是你的骄傲。你就说，你到底想干啥吧。”

九哥一听，一下憋红了脸，往四周偷偷瞟了一眼，压低了嗓门儿小声说：“咱再多叫点儿人来，当着大家的面儿，你放放水，输我一局。九哥这辈子就活这一张颜面，你小丫头输给了谁也不觉得是个事儿。这事儿办成了，以后有需要九哥的地方，尽管开口，九哥保管给你办了。”

“那行，我有个条件。”

“啥条件，尽管说，只要别跟九哥要钱花，九哥的钱全让你九嫂攥着呢。”

“我不要钱。你叫人的时候，也把六顺叫来，他在，我就输给你。”

“六顺……他估计来不了。”

“六顺到底咋的了？”

“他妈死了。”

“他妈死了？他妈死了，他为啥连门都不出了？”

“你还小，说了你也不能明白，跟你说多了，你妈还得找我算账。”

“九哥，九叔，九大爷，你快说，别看我小，就没有我不懂的事儿。”

“六顺有恋母情结。”

“啥？那是个啥？喜欢妈妈？”

“对！但不是那种单纯的喜欢。”

“喜欢妈妈就是恋母情结？”

“跟你解释不清楚，就是因为太喜欢妈妈了，而产生一种特别的情愫。”九哥是邻村少有的江湖人，会整的文化词格外丰富。

“你要说不明白，咱这事儿就免谈。”

“差不多就是把妈妈当媳妇了。”

我一听，吓得差点儿让方便面渣渣呛死，瞪大了眼睛看着九哥：“九哥，你这不是胡说八道吗？”

“反正你们村的人都这么说。你赢了我那天，六顺妈妈突然脑子出血，本来就高血压，脑壳里的血出不来，压迫脑组织，就死了。从发病到死才一个小时，六顺回去的时候，人都凉透气了。”

“那怎么没听见村子里有人出殡啥的？”

“六顺不让，还因为这个跟他哥哥分了家。”

“为啥，不下葬不就臭了吗？”

“谁说不是。他不让，村里的白事儿长老谭老爷子找他去商量白事儿，被他一把推了出来。”

“哎，毕竟是亲妈死了，可以理解。只是屋里放个死尸同吃同睡的，即便是自己亲妈，也是怪可怕的。”

“一开始村里人都带着白事儿份子钱去他家，一进门就看见六顺躺在他妈妈旁边，绷直着身子，乍一眼看上去，像两具尸体似的，吓得送钱的人，放下钱就跑。关键是大夏天的，都嗡嗡招苍蝇了……”

没听九哥说完，我就朝着下水沟快速地跑过去，蹲下来不遗余力地把一肚子方便面全吐了出来。

九哥在身后惊了一下，过了一会儿，叹了口气，说：“可惜，可惜了啊。”

也不知道是在可惜六顺的大好青春，还是在可惜我刚才吃下去的那袋方便面。

十天之后，六顺突然出现在凉棚下，这次他没有穿白衬衫，连鞋也没穿，光着膀子赤脚走在柏油路上，烫得他走两步跳两步，内裤松紧带扎到了腰带的上边，像一只上了油锅的鬼。

3.

这次他没有买烟，也没有随身带着马扎，头发就像刚被炸过一样，目光呆滞地从裤子口袋里掏出来几十块钱，递给我妈，说：“姨，买东西。”

我妈一看六顺这五迷三道的样子，战战兢兢地接过钱来：“你要买啥？咋拿这么多钱？”

“方便面和火腿肠。”

“全买了？”

“嗯，全买了。”

“买一半吧，留下一半的钱，吃完再来。”

“不了，就全买了。”

在五毛钱一包方便面、一块钱三根火腿肠的年代里，六顺用二十多块钱买了两大袋子粮食，晃晃悠悠地回了家。路过的小孩艳羡地扭过头目送他远去，那天的野狗也欢腾着追了他三条街之远。

一路上，他在阳光下闪耀着富足的光芒，却转身走进了一座茅草屋的荒凉。

村里人都说，六顺要冬眠了，可是我不信，因为我还穿着短袖和裙子，这明明是夏天。

六顺走后，我就去找我妈算账：“凭啥不痛痛快快卖给六顺东西，是不是瞧不起人家？”

我妈毫不客气地又给了我两大脚，说：“六顺需要多出来几趟，一下子买完，吃不完坏了是一说，要是指望这些东西把自己养在家里，小伙子就废了。”

我觉得我妈说得有一定道理，于是顺便提出了去看望他一下的要求。这次我妈没有再给我两大脚，只是说，过两天，她亲自带我去一趟。

后来我才知道，我妈说的过两天，是在等六顺把他妈下葬。

六顺的手纤长灵巧，爬起树来身手也十分敏捷，尽管他最近消瘦了不少，但是依然扛着大铁锯把村里最好的三棵楠木锯倒了。

六顺叮叮当当地在家门口敲打了一个星期，把锯来的木头做成了一具熠熠生辉的棺材。他站在邻居家门口愣了会儿神，看着夕阳一针一针刺入他的毛孔，一下就冲到邻居家的院子里掐走了所有的红色花头的月季花。

六顺用大红花儿铺满了整个棺材底，转身又去灶王爷的供奉台上拿下来一挂鞭炮，举着竹竿就去门口轰轰烈烈地放了。

村里人听到了鞭炮声，都知道是六顺妈妈要下葬了，于是赶紧呼朋唤友地去看热闹，但是很多人看完往家走的时候，差点儿把肠子都吐了出来。

六顺的妈妈因为长久没有下葬，所以身上生蛆了。六顺抱他妈妈进棺材的时候，还有活蛆爬到了六顺的胳膊上。小白蛆弯来弯去，六顺并没有将它们驱逐下来，而是拿在手心里看了半天，眼睛里流出了热乎乎的泪水。

六顺把妈妈葬在了院子里的杏花树下，大坑挖了三米深。有些看热闹的人带来了铁锹，可是真正埋的时候没有一个人敢上手，大家都觉得太瘆人，于是都眼巴巴看着六顺一锹土一锹土地埋，直到余晖洒进院子，六顺用脚将葬母的地方一脚一脚压实，然后“扑通”一声跪了下来，说：“你用母乳喂了我二十七个月，我就该给你守孝二十七个月，但是看着你一天天腐烂实在于心不忍，所以把你葬在杏花树下，从此儿子为母亲守三年之孝，然后免于父母之怀。”

我当时太小，根本听不懂六顺到底说了些什么，但是又很奇怪地一字不落地记住了他那天说的话。

后来我学了生物，专程跑去看那棵杏花树是否更加茂盛，因为那个时候我已经知道微生物能把尸体分解成植物需要的营养物质和无机盐。

可是我却一直无法理解那天在杏花树下六顺对他妈妈说的那些话。

后来的后来，我走在大街上，像无数平常人一样路过杏花树，没有人看得到我心中的包袱，而我却一直记得那天，有少年双膝跪地，说守孝三年，然后免于父母之怀。

4.

六顺从此真的不出门了。

村干部带上从集市上买的新鲜蔬菜和活公鸡去了他家，六顺不说要，也不说不要，只是静静地躺在床上，听虫鸣鸟叫，看花荣花败，眼神木呆呆的，再也不打算去看任何人一眼，像是下定了决心要跟时间斗法一样。

所以，去看过他的人，都摇摇头劝别人不要再去，说六顺被心魔控制了。

一天下午，我妈赶集回来，我挑了几个熟得最好看的西红柿，在衣服上抹了两下，拉着我妈就要去看六顺，我说我觉得再不看他，他就要死了。

我妈伸手从货架上拿下来两袋蛋糕和两袋点心，我赞许地对我妈点了点头，暗暗感叹这么一个平常对我抠门抠到经常因为一毛钱零花钱就要对我大打出手的妇女，关键时刻竟然十分敞亮。

事实证明，我妈不但敞亮，而且也聪明。

那天我们推门进去的时候，发现地上的蔬菜烂了一地，被绑着腿的活公鸡因为六顺对它的冷落早已气绝身亡。六顺的床上泛着一股子极浓的尿骚味，我捂着鼻子往前凑。

“六顺哥，你倒是说句话嘛，九哥因为你，到现在还没翻身呢。”

六顺直着身子，悠悠地看了我一眼，又看了一眼我妈，突然就满眼泪水，身子抖了一下，想翻身背对着我们，却因为虚脱没能成功，他想努力把自己从丧母之痛中拉出来，却又不得不陷入了旧时光。

我虽然不理解六顺对自己妈妈到底是一种怎样的情感，但我以前一直以为，通常情况下，男人如果失去媳妇儿，都会再换一个媳妇儿来疗伤，如果失去妈妈，也似乎没有什么大不了，因为我们叫他们一声大男人，他们就不得不收起痛苦，马不停蹄地继续上路。

我妈拉了我一把，想把我拽出去，结果后退了一步，不小心踩上了一坨黏糊糊的屎。我妈叹了口气，只好低头拿起一块土坷垃把屎从鞋子上刮掉，说："自己不想出来，谁也拉不动你。"

说完就把点心和蛋糕往六顺的床头推了推，拉着我走了出去。

跨过院子门口的木槛时，我踮起脚来趴在我妈耳朵边商量了件事儿，我妈先是愣了一下，然后又说了句瞎折腾，后来就由着我把家里的象棋拿到了六顺家。

一个人努力去适应不适感的时候，会变得出乎意料的强大，就像是你不想失去却不得不适应失去，你不想长大却不得不适应长大一样，一切都在你的抵触情绪中变得越来越自然，让你来不及察觉自己的微妙变化，它就马不停蹄地成了你人生的一部分。

等我跑回六顺家的时候，发现他正躺着疯狂地吃我妈带来的蛋糕，这时我才知道，其实我妈早就知道六顺家里并不缺生活起居的用具，只是他不想烹饪，不想燃起袅袅炊烟，他不想自己独立面对生活，他只想吃信手拈来的熟食。

在屋子里待了才十分钟，我已经完全闻不出屎尿味儿来。

我在旁边自己跟自己下棋，他在吃着蛋糕，我们互相不说一句话，他对胜负再也提不起兴致。后来我跟自己下成了平局，于是左手握住了右手，自己跟自己讲和。

六顺没有看我，帅气的八字胡已经长成了生日蛋糕上那种寿星爷爷才有的大长胡子。他眯着眼睛看了我一眼，微翕着嘴唇想要说什么，却又生生咽了下去，眼睛里一下憋出来一股眼泪，顺着眼角一直在淌。我突然看到他脚上有什么东西在爬，我凑上前去，掀开毯子一看——六顺的脚腕上竟然爬满了虫子！

我被吓得边跑边哭了一路，晚上做梦哭得嗷嗷叫。我妈找神婆子给我叫了好几遍魂，逼着我吞了一大碗烟灰，但我依然是经常发烧说胡话。

我每天都会问问我妈："六顺为什么会这样了？他脚上已经全是虫子了，活人生了虫子，不就离着死不远了吗？"

我妈回答不上来。

但是村子里的人绝对不会放过这样一个自甘堕落到极致的人，大家都说，谁家里还没死过人，谁还没失去过亲人，他这就是懒，不愿意劳动，故意一蹶不振，总是指望着他妈妈养他，现在妈妈没了，他就只能懒死了。

我真是恨透了这帮人的嘴，瞎说起来永远都不管不顾的。为了表达愤怒，我找了班上几个喜欢我的小男孩，亲了他们一人一口，又给他们一人发了一个面具，让他们潜伏在路边，在放学路上，打了那几个嘴碎妈妈的心肝宝贝。

我想，她们自己家孩子蒙受委屈嗷嗷大哭的时候，她们作为妈妈是不是能了解什么叫作心痛？

5.

有人说，六顺要死了，他是真的活活懒死的。

他已经整整在床上拉尿半年多了，整个屋子里都爬动着与活人为伍的虫子，大门一直是开着的，每个经过的人都会往里看上一眼，然后回家跟孩子说，你就懒吧，早晚懒得跟六顺似的，身上生蛆，活活懒死。

最后一次去他家，是一天下午放学后。

我随身带了一把剪刀和一把从医务室买来的消毒刀。

六顺的房间里已经堆了一地吃的——生的、熟的，可是他几乎都没有动过。他瘦成了火柴杆一样，骨骼凸起。

我跟六顺说，我已经看了很多解剖学和生物学的书，了解到身上的腐烂处是要切割掉的，我虽然不敢动大手术，但是愿意帮他处理一点腐肉，省得让虫子拱烂了。

我看六顺没吱声，也没有阻止我的意思。他的大眼睛深陷在眼窝里，喘气的时候看上去十分痛苦。

我跑到院子里调整了几次呼吸，换了几口新鲜空气后，气贯长虹地进了屋子。掀开六顺被子的时候，发现他的脚肿得像是一个足球，脚面已经看不出来了。我看着六顺的眼睛，再一次征求了他的意见，他依然不动声色，回我以静默。

我只好拿起小刀来，轻轻地扎了下去，结果“哗啦”一下，六顺的脚就像是装了液体的皮囊，皮囊中的液体淌了一床。我捂着嘴巴看了一会儿，又看了一眼六顺的眼睛，他又开始流眼泪，还紧紧地闭上了眼睛。

那天，我才知道，他之所以不下床，是因为早就走不了路了，他的脚踝里灌满了脓水，看似是有一双脚，实际上早就隔着一层皮，腐烂了。

他放弃了行走，所以他的双脚也放弃了他。

第二天，有人来我家买烟，告诉我妈，六顺今天一早死了。

我哭着把昨天的事儿告诉了我妈，说六顺是让我弄破脚才死的，我妈说，别傻了，六顺早就死了，只是他在适应这个缓慢的过程。

村里的白事儿积极分子又去了六顺家，这次我没敢进去，只是站在大门口往里看，有人拿席子往六顺身上卷，还说了声，都懒死了，还有心思下象棋。

我一愣，然后一下冲了进去，看到那天自己握手言欢的和局被人动过了，最后的局面是红棋将死了绿棋。

直到很多年后，我始终不理解，为什么六顺会因为妈妈的离开，而受到如此极端的重创，并选择在屋子里一动不动，了此一生。整个村子也没有人能理解，所以大家只能说，他是懒死的。

一直有人在对我们说，这世界上没有什么完全过不去的坎儿，他们说时间治愈一切，时间改变一切，可是总有时间和新欢解决不了的终极难题，比如一个认定自己此生挚爱只有一次的人，却偏偏失去了唯一的挚爱。

后来我总是梦见六顺留下来的那盘棋，它像是心头刺一样一直在告诉我一个血淋淋的真相——所有的和局，是自己对自己的放过；所有的死局，是自己对自己的逼迫。

我们要的，是支撑自己好好活下去的和局，而一根筋的人，要的却是非生即死。

天才宝宝的奇幻出走

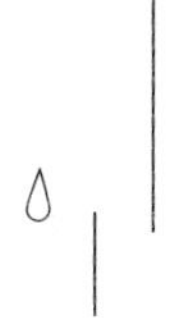

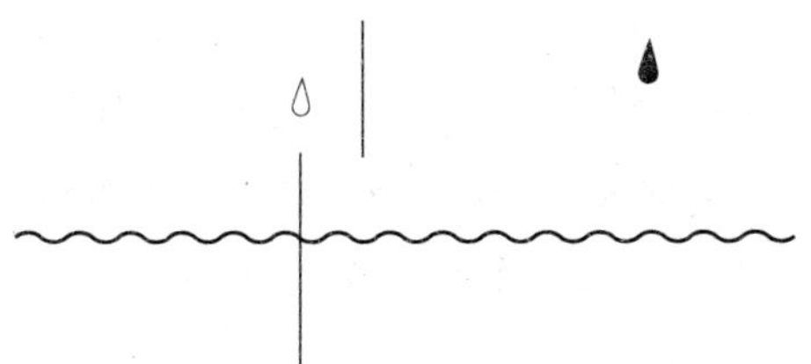

八岁以前，每次我妈骑上大梁自行车出门，我都会一歪一歪地走到大门口，一脸不满地问她什么时候回来。每次她都告诉我很快，每次我都不会相信。这些说走就走的女人很不可靠。

十八岁以后，每次我拖着行李箱走出家门，我妈都问我什么时候再回来，我说过段日子就回。我觉得她可能也像小时候的我们一样，虽然根本不信，但不得不任我们远去。

每年“六一”，我都会想起一件事儿，一件差点儿让我永远消失不见的事儿。

1.

八岁那年，我上二年级，距离六一儿童节还有六天，我的同学们都在忙着要亲亲要抱抱要举高高，而我什么都不想要，我正在全心全意地忙着谋划一场滴水不漏的离家出走。

从四岁开始，我就很清楚地意识到一点：我早就受够了这个家。

我不喜欢每天五点半《大风车》动画，不喜欢弹珠，不喜欢跳房子，不喜欢跳皮筋，不喜欢大白兔，不喜欢跟同学们一起玩互相追逐的游戏，尤其是每当听到他们跑着跑着突然停下来说“好了，轮到你追我了”，我就忍不住偷偷骂他们一句“大傻子”。

我只喜欢学习。

高我一级的陈浩然曾经在一个课间，在校园的一棵梧桐树下心事重重地告诉我，知识改变命运。

陈浩然和我都是这个学校的神话。我们都不关心名次，因为我们无论考什么都是满分，所以完全没办法考第二。我们不在一级，也不存在竞争关系，从小都在独孤求败中孤独地长大，也莫名其妙地都不太合群。每次学校开年级表彰会的时候，陈浩然都会面无表情地站在我右手边拿着奖状说，好无聊。

学校心理咨询办公室的老师每次都会把我和陈浩然一起叫过去谈心，她说我和陈浩然是一个类型的。说是谈心，但我俩都知道，这些老师是觉得我俩都有病。大人们真虚伪，总是在微笑着假装跟我们是一伙的，但从头到尾只是为了得到秘密。

距离儿童节还有一个月的时候，我跟妈妈关系有点紧张，因为她不知道从哪里得到了一个让她顿时颜面无存的消息：她八岁的女儿早恋了，她为此戴着口罩去校长办公室跑了三次，但是每次回来都对此事绝口不提。

直到一个周末的晚上，五点半准时从厨房擦干双手的她在客厅兴致盎然地坐下来看《大风车》，她问我要不要出来看会儿电视，她有些担心我总这样学下去会变傻，爸爸劝她不要打扰我，她突然就跟爸爸吵了起来。我放下手中的《羊脂球》，一下跳到床上踮着脚观察他们的一举一动，后来就看到爸爸像往常一样，一摔门绝尘而去，妈妈一个人窝在沙发上呜呜地哭，然后把遥控器狠狠地摔成了两半，电池在地上骨碌碌地滚了一圈儿，停在了茶几腿儿旁。

“小轨，妈妈想跟你聊聊。”妈妈哭够了以后决定言归正传，敲了我的门。她总是能够控制住情绪，转而回到解决问题的轨道上来。不得不说，这些年来，妈妈对这个家的平稳运转功不可没。

“妈妈，我现在只想出去玩儿会儿。”我讨厌自己这么小就能洞察一切，每次都能在别人张口之前就知道来者不善。

两个女人一旦坐下来谈谈，简单的事情就会变得复杂，我不想得到这样的结果。

妈妈点了点头，说了句“那就晚上再说吧”，然后默默地从我房间的门口退到了一边。

为了避免我出门时候碰上她会感到尴尬，她选择先行一步出了门。

2.

我带上指南针和一条叫乐乐的狗出了门。

我沿着柏油公路从南向北走，街上的邻居觉得能看见我闲庭信步实在罕见，所以很多人都主动叫了我的名字，并关心了我的去处。但我很快就跟指南针起了争执，因为走着走着我突然发现自己正走在通往学校的路上。我是鼓足勇气出来拥抱新世界的，它凭什么带着我走一条死气沉沉的老路，况且还在星期天。

这种道路不适合一个人回忆往事，所以我认为指南针向我撒了谎，于是我把它摘下来戴在了乐乐的脖子上，乐乐冲我叫了一声，兴冲冲地跳过了一段枯死的树干，然后带着我去了虞河边。那条路上有一棵大枣树，流水淙淙曾在它脚下很多年。乐乐遇上了很多往来如风的伙伴，它们脖子周围的狗毛没有像乐乐一样被拴出来的勒痕，但是乐乐并没有因为我对它的束缚选择离我而去，陪这些野狗们浪迹天涯。

以前上学，妈妈从来不允许我走这条路。她说越是隐秘和树木丛生的地方，越是容易突然跳出来对小朋友感兴趣的坏人，他们拒绝通过劳动致富，也不相信知识改变命运，他们每天都在盼着我一个人蹦蹦跳跳地出现，从大枣树后一下跳出来，用蒙汗药把我一下麻翻，然后将我装进麻袋扛走，带回去之后也不会把我喂狗，而是从我身上摘走他们感兴趣的器官，卖给垂死却想要活命的人。

所以，我每天都会沿着柏油路一路向北去学校，但是河对岸的同学每天都不得不从这条路往学校走，他们没有一个人看上去像是被人掏走了心脏，我觉得妈妈很有可能骗了我。

尽管如此，我也不能违背她的命令。这些年我见识过她的脾气，一言不合就有可能又哭又闹，还经常撵着爸爸去睡沙发。

六岁那年，我曾经在晚上去一个小朋友家写作业，因为老师说人与人需要互帮互助，这个世界才会充满爱。

那个小朋友的家离我家有一公里远，我需要路过三根电线杆和六盏路灯才能看到他家的大门。

那天晚上妈妈做好饭后给我留下了便签条，说她需要去一趟二姨家，她的亲姐姐最近过得不太顺意，跟姨夫吵架的时候连着摔碎了三把暖瓶，妈妈需要去看看她。

于是，我没能及时告诉妈妈我需要再出门去完成老师布置的“一帮一”作业。爸爸下班后一般都会找几个老头儿喝茶，他很少关心我的一举一动，他总是说自己需要少管女人的闲事。

我抵达“一帮一”小朋友家门口的时候，油漆剥落的大门虚掩着，我脚步轻盈地径直走了进去，准备吓他一大跳，但是我刚迈进去一条腿，就被一条黑得发亮的大狼狗一下扑倒。它冲着我一阵狂吼，两只前爪死死地摁住我。我大气不敢出地趴在地上看着它，唯恐一旦大哭求救就会激怒它。正在我想要跟它商量能不能从我身上走开时，它觉察到了我的蠢蠢欲动，并对着我的大腿结结实实地咬了一口。这下我终于不用再担心哭出来会让它恼羞成怒，我疼得一下子从地上蹦起来，跟大狼狗撕了起来。

当天晚上，妈妈把我送到医院。她哭得比我伤心多了，后来她让爸爸留在床边照顾我，她径直去了校长和班主任的家。

从那以后，班主任不再安排我去办公室帮她搬作业本，同学们也没有谁再邀请我一起写作业，我过上了更加落寞的生活。

一想起往事，我就有些伤感，但是妈妈爱子心切，并没有做错什么。我经常能够换位思考，所以也不容易将仇恨的情绪延续太久。我想只要好好学习，上完初中、高中，再考上一所大学，我童年的不幸就会很快结束。

但是，就在那天中午，妈妈却相信了一个无稽之谈，要铁了心跟我斗一斗，这让我所有的忍耐与期待都变得有些焦躁。

3.

天色已晚，我觉得浑身僵硬，为了防止我的血液冻结在血管里，我把一条腿从河水里抽出来，并尽心尽力地揉捏着自己的小腿。这一切做完之后，乐乐从我身边站了起来，摇晃着尾巴催促我赶紧回家，它比我更害怕妈妈的疾言厉色，枉费我平时对它掏心掏肺，它不过也是习惯了枷锁之城的胆小鬼。

在一百米之外我注意到我家门没关，我能想象得到妈妈正在屋里正襟危坐着等待着跟我的交谈，爸爸会像平常一样早早钻到床上开始读他那几张好像有遮风挡雨功能的报纸。想到这些，我就实在后悔自己进了这个家门。

可是当我进去的时候，却发现客厅空无一人，我一脸疑惑地推门进了我的卧室，却发现了更糟糕的事情。我的书包被扔在了脚底下，它明显已经被妈妈翻了个底儿掉，妈妈举着一张照片，身体抖动得非常厉害，像是一只马上就要生下鸡蛋的母鸡。

看到我进来之后，她的整张脸红得像是生了皮疹，我正在生气她不信守承诺动了我的东西，但是妈妈已经先发制人，把照片一把摔到了我的脸上。

“你这是怎么回事？为什么会单独跟这个男孩子合影？”妈妈简直就要气炸了。

我太讨厌妈妈用这种口气来跟我对话了，她说话的口气就像认定了我做了不光彩的事儿，为她闪耀的一生抹了黑。

我从地上捡起照片来，一声不吭地塞进书包，心平气和地朝着门口的方向推着妈妈，请她尽快离开我的房间。

妈妈一看我全无交流的意思，眼珠子气得圆鼓鼓的，她大声说：“小轨，你才这么小，做这些事情传出去不叫人笑话吗？你今天必须跟妈妈说清楚，照片是怎么回事，这个男孩子是怎么回事？”

我实在不想跟这样一个对自己女儿如此毒舌的女人有任何交流，用尽全身的力气要把妈妈赶出去。妈妈转过身就给了我一记耳光，右脸当即出来一个红彤彤的巴掌印。我倒是没有觉得像很多同学写作文时描写的那样，感觉两眼冒火星。可能他们的妈妈天天打他们，从而练就了更高超的武艺。而我的妈妈这是第一次对我动手，我只是觉得脸上火辣辣，心里哇凉哇凉。我呆呆地站在那里，狠狠地用眼睛将仇恨与厌弃刺向一只手僵硬在半空中的妈妈。

“小轨……你怎么能……能动手推妈妈呢……妈妈刚才……”挨打的是我，妈妈却一副被雷劈蒙的样子。

她总是能快速地用各种小把戏扭转局面，但是我当即就下定决心不吃这一套，她竟然对我动手了，她能打我第一次，就能打我第二次、第三次、第无数次，直到打死我，她也不一定会收手。

我恨恨地又推了她一把，她踉跄着退到了门外。我把门插销插上的那一刻，一个人靠在木门上缓缓地滑落到地上，我双手抱膝大哭一场，感觉这个家对我来说已经万劫不复，没有信任，没有和平。最重要的是，妈妈和我之间将永远种下仇恨的种子，未来不管我们假装多么不计前嫌，我们之间将永远横亘着这个死结。我永远要防备着自己再次遭遇下一记耳光，她永远要活在我跟别的男孩子胡搞的担忧里，想起这些我就万念俱灰。

最大的绝望往往不是因为遭遇了一次误会，而是因为这次误会我们不得不在接下来的日子里陷入没完没了的疑神疑鬼中。无论我有多小心翼翼，还是会活在她不再信任我的阴影里。

那天晚上，我像往常一样，心平气和地出去跟妈妈道了歉。她焦虑地看着我，并伸开双臂抱住了我，说她实在是担心我会在年少青春时误入歧途，还说自己也有错，并且向我承诺，只要我收敛，她将不再追究此事。

我点了点头。墙头有一只麻雀飞过，妈妈朝着它呸了一口口水，说这样会赶走家雀带来的坏运气。

我告诉妈妈我想要去睡觉了，明天一早还要对付一次背诵课，学业压力依然不容小觑，妈妈迟疑着放开了我。

我回到房间躺下来，开始认真谋划一场滴水不漏的离家出走，来永远告别这个让我不再有任何留恋的家。

4.

一周下来，我每天都会按时回家，但是会带回来一个叫燕妮的同班同学。

我跟她达成了一个交易。我允许她来我家抄袭我的作业，但是她要默不作声地陪我来到我家大门口处逗留一会儿，并装作对我家过道秋千十分感兴趣的样子，在秋千上荡来荡去。趁着这个空当儿，我来反复练习如何不发出任何声响地打开被妈妈上了三道铁锁的大门，还记录好了从我房间到大铁门处把这一切完成的时间。

爸爸妈妈知道我早就对过道里的秋千失去了兴趣，因为我很早之前就告诉他们，做事情要么做好，要么不做。我们应该做一个像花园王国一样缠着牵牛花与蔷薇花的秋千，而不是用两条破旧的土皮带吊着一个从椅子上卸下来的木头板就算是做成了一个秋千。但是他们说我还小，所以考虑不到现实的难度，总是去异想天开。

因此如果我独自靠近它并在大门处长时间逗留，一定会引起他们的怀疑与注意。妈妈这么敏感，她一定不会这么轻易地放过我任何异于寻常的举动。

我带燕妮回来有两个好处：一、妈妈会认为我不再孤僻独处，尝试着结交朋友，并愿意走出自己长期固守的艰难处境；二、燕妮成绩又差，话又少，她能够为我争取到足够的练习时间，我还推断以她的语言表达能力，出卖我并不是一件容易的事儿。

在经历了漫长的等待之后，我躺在床上夜不能寐，兴奋地看着墙上的挂钟一下一下地靠近零点的位置，暗暗幻想着，就在这个全世界小朋友忙着愚昧地钻进大人的怀抱里讨要一件毫无意义的礼物时，我终于要从枷锁中摆脱出来，走上一条自在如风的路。

我觉得一切都计划得滴水不漏，简直有百分之百的把握让自己从此脱离苦海振翅高飞。

零点一过，我背上花格子包袱，里边放着三条我最喜欢的裙子，其中一条裙子还获得过陈浩然的赞赏。

我穿上了那条从妈妈那儿软磨硬泡要来的郁金香图案橘色旗袍，把从爸爸专门放私房钱的旧袜子中抽出来的五十块钱塞进了包袱。

我很早之前就想穿上一条漂亮的旗袍，像一个成熟不羁的女人一样浪迹天涯，如今这一切都在我缜密的计划中一步一步地得以实现，想起这些来，我就热血沸腾。

我把写好的信折成了心形放在床头，我本来只是想随便折一下就敷衍了事，但是想了想这封信是给妈妈留下的最后的信物，所以特意向燕妮学习了心形的折叠方法。

为了让妈妈发现我失踪之后不至于像一个没头苍蝇一样，我特意在信上边放上一个能引起妈妈注意的瓷娃娃。当然，我不会傻帽儿一样给她留下任何线索，我只是告诉她我有钱有衣服，所以她根本不必担心，况且我也不会遇上什么危险，也请她不要一意孤行地跑来找我，我感谢了她与爸爸对我的养育之恩，但现在就要去过自己想要的生活。

我慢慢地推开第一道门，来到院子里，手里握着手电筒，但是不敢打开门。我怕任何奇异的灯光乍现都会为自己的出走计划增加失败的概率，所以我摸着黑借着月光穿过院子，来到那道自己练习了很多次开锁的大铁门前，蹑手蹑脚地用白日里测试出的各种角度按照先后顺序扭动着每一道锁，直到我推开大门，感受到门外的自由之风扑面而来的时候，我差一点儿就以为自己完美完成了这一切。

直到听到了一声突如其来的狗叫声，我才知道，尽管自己千算万算，竟然落下了一个重要的流动威胁。

5.

我愣了一下，乐乐从狗窝里疯狂地跑了出来。由于夜色迷茫，距离太远，它无法准确判断我是敌是友，但它认定了半夜鬼鬼祟祟的人一定不是什么好东西，所以决定一意孤行地朝着我狂吠而来比较保险。爸妈的房间里突然亮起灯光来，我心想这下坏了，但是箭在弦上，只好拔腿就跑。

我沿着平日里与学校反方向的柏油路一路向南跑去，完全不敢回头看爸妈是否追了上来，我舍了命地穿过麦秸地，差点儿在拐弯处被身后的摩托车大灯亮瞎了眼，就在我心灰意冷地决定缴械投降的时候，突然发现身后开过来一辆黄色的面包车。

我不由分说地挥动着包袱把它拦下，司机是一个二十五六岁的小伙子，他疑惑地把脑袋探出来。我一边可怜兮兮地告诉他我家里出了事情，需要马上进城到百货大楼把我哥哥找回家，一边拉开车门请求他搭我一程。

小伙子皱了一下眉头，就让我上来了。那一刻我看着反光镜中爸爸骑着摩托车奔腾而来的身影长长地舒了一口气，觉得自己彻底安全了，而完全没有意识到，身后是自己的亲生爸爸，身边是一个萍水相逢的异性陌路人。

面包车开到四平路的时候，我看着身边白白净净的男人开始害怕，因为我从来没有独自离开过家，所以并不清楚他带我走的这条路是否通往百货大楼。我猛然想到了妈妈说的蒙汗药和挖心脏的坏人，我坐在副驾上吓得脸色苍白，并处心积虑地开始琢磨一个正当的下车理由。

一路沉默的男人终于开口了，他说："你一个这么小的姑娘，以后不要这么晚出门。我虽然不知道你家到底发生了什么，但是我肯定不敢这么晚放自己女儿出来，即便是我快要死了，我也不敢，太危险了。"

我马上意识到，自己没有遇上挖心肝的坏人，还极有可能遇上的是个富有同情心的好人。我顿时觉得自己这趟离家出走简直就是犹如天助，并用这个理由去努力克服时不时冒出来的想家念头。

到了百货大楼后，这个男人把我放下来，我学着大人的样子从包袱里掏出五十块钱让他务必收下一些，但是由于我只有这么多，所以还请他不要全部收下，最好能给我留下一半，因为接下来我还要用到一些钱。

这个男人分文没收，而是一脸严肃地告诉我，找到自己哥哥尽快回家，以后再也不要随便搭陌生人的车，并不是所有的陌生人都会安全地把我送到我想去的地方。

说完之后他就走了，我看着他远去的时候，想起了爸爸。爸爸每次把我从车上放下来的时候，也会叮嘱我不要轻易地去信任陌生人，他说这个世界上的男人没有一个会像爸爸这样愿意无私地爱你。

想到这里，我心里有些悲伤，但是事已至此，新生活正在前方等待着我，我没有理由站在路口优柔寡断地惦记着妈妈做的早餐有多好吃。

于是我沿着繁华街景慢慢穿行，深夜一点钟的凉风确实有些刺骨，怪不得妈妈在晚上出门之前总要多穿一些。我晃过了一条又一条街，四处寻找着新生活，可是夜晚除了漆黑与寒冷什么都没有。尽管市中心的灯光颜色十分丰富，但是它们散发出来的光线并没有我家门口的路灯温暖。从银行转出来的时候，我上了白浪河岸边的一座桥，以前妈妈说鬼怪都躲在桥洞子底下，所以我过桥的时候保持了最轻盈的脚步，唯恐触怒了眠息在桥洞底下的鬼怪。他们欺负我一个小女孩儿身边没有大人，一定会把我吃得骨头都不剩一根。

走到桥头的时候，发现前方的路实在是太黑，我不太敢继续前行，决定逗留在这座光线最好的桥上。妈妈以前说过了，光天化日之下，坏人不敢轻举妄动。我坐在桥边，听着桥下奔腾而过的流水，开始想象妈妈和爸爸从发现我消失那一刻的反应。接下来的举动，妈妈一定又要跟爸爸大吵一架，爸爸又要一个人出去走走，求片刻安宁，可是我又担心妈妈看不到我那封信而没头没脑地四处找我。每次放学我回来晚了她都要急哭，我六岁时让狼狗咬到大腿的那个晚上，她哭了整整一宿，还扬言要杀掉天下所有的傻狗。想着想着，我就有些担心这个傻女人会做出更大的傻事来，一阵悲怆从心口泛到鼻尖，凉风过头，我忍不住哭了起来。

不大一会儿，一辆出租车一脚刹车，停在了我面前。我被这突如其来的侵犯吓得拔腿就跑，身后却传来了妈妈声嘶力竭的哭声。我只好停了下来，慢慢等着妈妈靠近，妈妈一把将我搂进怀里，萤火虫在微风中飞上了妈妈的头发丝，我拍着妈妈的腰，告诉她我没有遇到挖心肝的坏人，还请她抓我归案之后不要怂恿爸爸动手打我来惩戒我。

妈妈哭着说："妈妈不会打你，爸爸也不会打你，爸爸妈妈不能失去你，你真得吓死妈妈了，你这样一走了之，妈妈都不想活了……"

妈妈说起话来语无伦次，但是我知道她是真的担心了。以前妈妈从来没有跟我说"她不想活了"之类的话，我一直以为她活着就是为了要置我于死地，或者也置爸爸于死地。

出租车把我们放在家门口的时候，我看到爸爸佝偻着身子在凉棚的灯光下抹眼泪，我冲过去准备好了挨打，我问他为什么不跟妈妈一起来找我，爸爸一把抱住我就是哭。

妈妈在旁边说："爸爸怕你突然回心转意跑回家，发现进不了家门一气之下又要走，所以非要守在家里等你。"

离家出走之前，我认定我的童年满是孤独。

我恨自己与众不同，我讨厌跟那些明明不懂孩子还偏偏制定行动规则要我们必须执行的爸爸妈妈。我不想嫁给爸爸这样的男人，也不想成为妈妈这样的女人。

回家之后，我的人生像是被划上了一道分水岭，成长就是一件奇怪的事情。

以前总不明白，为什么无论爸爸妈妈如何意见不合拔刀相向，他们都不会一拍而散。

后来我长大，后来他们老去，每次出门，我妈都站在门口问我什么时候回来，我说过段日子的时候，其实特别想抱抱她说，别担心，你们在，家就不会散，我也不会再一去不返。

我们跟父母之间，从小到大都存在着两代人的对抗。他们忙着留，我们忙着走，他们一生都在纠葛我们为什么远走他乡，我们一生都在含泪上路争取早日熬出头儿。

自此以后，情不重，不生婆娑，爱不真，不再沦陷。

最酷底牌

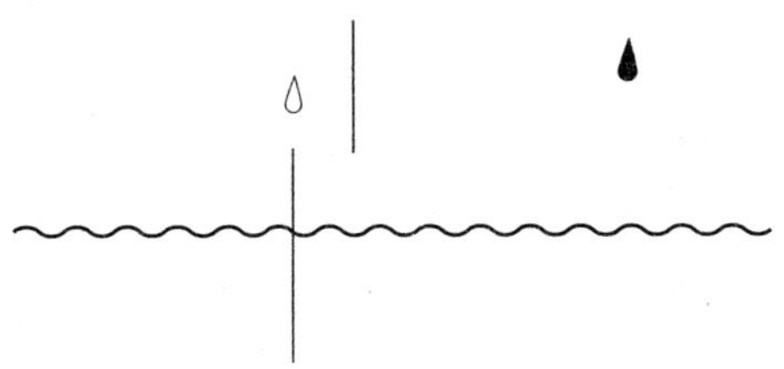

这次见面，我们密谋了很久。前几天我去了上海，他从上海来到了大理。他说："小轨，等你回来，一起喝花酒。"但是等我回来了，我们并没有喝花酒，而是一见面他就向我展示了晒秃噜皮的手臂和红鼻头，显然他已经不要脸了。

我们在"向月球飞去"见面，他一坐稳，就从裤兜里拿出来一张存折，"啪"一下就拍到了我眼前。我定睛一看，五十万，幸福来得太突然，但是他很快就把我拉回现实，"这是我给她留的底牌，如果她婚后有一天过不下去了或者发生任何意外，随时可以把存折拿走。"

这个超级备胎，叫林安，他说他不是备胎，而是一张超酷的底牌。

1.

2000年，林安高考失利，收到某师范大学录取通知书的时候，所有人都拦了他一把，说："你明明一个考北大的苗子，怎么能在一个非一流的大学里苟且，你不能去，你得复读。"

林安在校园的一棵梧桐树下坐了一个下午，他觉得年轻人放弃平庸寻求改变这件事儿确实令人振奋，但是他不能再待在繁华都市中的同一所学校。这三年，他在这里所向披靡，受够了所有同学闻他风丧胆的尿样，也不太想给那些以爱为名张口就要告诉他“今年你一定没问题”的人以机会。

一旦所有熟悉你的人都认为你万无一失并对你倾注加倍的期望，你就特有可能再次败北。自此以后，你不得不成为一个巨大的笑话。这个笑话足够套牢你一辈子，让你走到哪儿都完全抬不起头来。

在这么大的压力下，林安实在没啥把握不让悲剧重演。

第二天，林安收拾行囊去了北方某县城里的一个高中。他下车的时候，极目四野，发现遍是蛮荒，放眼再望，鸟不拉屎。

林安对此大为满意，为了尽快与这块蛮荒之地融为一体，他粗犷地往草地上吐了一口痰，还特意奔跑着踩了一脚在阳光下熠熠生辉的狗屎，带着这股大自然的气息，黏黏糊糊地背着寄宿行囊走了很远的一段路。

报到的时候他站在讲台上一言不发，老师提醒他：“你上来是要做自我介绍的。”他顿了一下，说：“我叫林安。”

尽管他声音洪亮，但是没有一个人抬头看他一眼，这帮高三的同学看上去好像并没有兴趣去认识一个插班复读生。

这群土鳖的冷漠让林安深感寂寞。

毕竟，为了在一所新的学校一鸣惊人，林安特意从美特斯邦威买了一套荧光色的套装，头发也打了定型摩斯。他放弃了最适合自己脸形的毛寸，梳了一个油光光的大背头，他总觉得人活着还是要给自己和他人留下一些友好的空间。

他想好了，他们先是因他帅气的外表折服，继而又不得不惊异于他的超高智商和学习成绩，用不了多久他就又不得不醉倒在温柔乡里，所有的姑娘都浓妆艳抹，上赶着陪王伴驾，所有的男同学匍匐在他脚下，直迎新帝登基。

之前他走在校园里简直是一呼百应，身边跟着一班常年对他俯首称臣的腿子，这让他一迈步就感觉自己走在云端，看到漂亮姑娘就要表达爱慕之心。

眼下这群冷漠之人让他有些后悔自己的选择。

对于一个十八岁的少年来说，融入一个新环境，获得一种与往昔分毫不差的身份认同感，实在不是一件容易的事情。

林安一边往台下走，一边极目四方地为自己选着“秀女”。令人遗憾的是，目光所及都是千篇一律的齐刘海儿马尾辫，姑娘们都把自己装进了肥大的校服里，让他一时间无法辨温良、识撒旦。

他沮丧地坐到班主任指的位置，从包里往外一本本地掏书。一个姑娘伸过手来，他抬头看了一眼，一下子愣住了。他仿佛在一个冷漠世界里看到了一朵千年雪莲，又像是看到一池小荷素素而开，隔着校服他都能看到她身上的春光袅袅与前凸后翘。

“我叫乔琪，也是复读生。”乔琪帮他抽出一本书来，用嘴吹了一下浮尘，帮他堆放在书架的最右边。

恍惚间，烟尘散去，林安一把抓住乔琪的手，喃喃地说了一句：“他娘的，跟我吧！”

2.

这个小县城里的高中面山而立，晚上入睡的时候，能听到野猪奔突的急躁，也能听到狩猎的枪声。

林安很早之前就知道，年少时姑娘对男孩子的喜欢多是源于仰慕。他是班上唯一一个见过都市繁华的人，他讨厌那里的喧嚣与张扬，他想告诉乔琪这个小县城上空有鱼鳞般的云彩，还想告诉她，他喜欢看她躲在屋檐下的焦灼样子。但是乔琪会吐掉口中的口香糖，拿鼻子去碰他的鼻子，她试图攫取他的嗅觉，去从他身上得到都市繁华的精彩。

每当乔琪靠近他，林安都感觉自己一瞬间要晕倒。他再也不担心有人施压他的未来，也不再筹谋着统治整个学校，他所有滚烫的情绪都竭尽全力释放在乔琪身上。他捧着乔琪的脸蛋，轻轻吻上去，软绵绵得像一头栽进了一个向往已久却并不熟悉的新世界。

林安才十八岁，但是他已经吻过很多姑娘了，却从来没有像这一吻一样，恨不能瞬间老去，从此欲求无几，唯乔琪便可抵万千欢愉。

“不管高考后我们考到哪个城市，我们大学毕业后就马上结婚，然后回到这个县城吧。我太他娘地喜欢这里的寂寂无声，我们就在这里饮清露，汲月华，生儿育女，放养到整个山头上去。”高考前一天，林安把书包一扔，一边烧书，一边跟乔琪商量着共建未来之路。

“我们为什么不去大城市生活呢？你不是说城市会在大街上架起过街电梯吗？那里有很多大商场，可以买到很多漂亮裙子，还能在高高的旋转餐厅上洞察这个世界无休无止的变化。”乔琪一脸向往，简直迫不及待地要飞入三千繁华，而后袅袅无归。

林安特别想告诉她，相比于她，那些东西一点意思都没有，但是他什么都没说，只是拉着乔琪爬到教学楼的楼顶，一起朝着夕阳挥了挥手，然后一把抱住她，整个身子不停地颤抖，说了句：“你想去哪儿就去哪儿，时光流转，唯我不变。”

乔琪高兴地在夕阳下转了起来，裙子飞起来的时候，夕阳尽心尽力地多情逢迎，她看上去像是整个宇宙中唯一的仙女：“林安，你刚才说什么？”

“我说，你想疯就疯，想野就野，老子永远是你的底牌！”

3.

高考结束。

乔琪如愿去了北京一所大学，光是想起“北京”这两个字就让她双手发抖。从小到大，她没有出过县城，她所见识的都市繁华，都是林安告诉她的。

林安不负众望地再次失手，这次不但没有考上北大，连第一年的成绩都没有考到，不过他对这些毫不在意，这个世界天大地大，高空万丈与烟雨空巷都不是他想要的去处，他就想找个地方不知死活地混完四年，好的坏的都让它们在岁月如流中任意绽放，于是他如愿去了四平市的S大。

起初林安因突如其来的异地恋有些感伤，但是当他一脚踏入S大时，所有的不甘瞬间抹平了。

林安简直对S大太满意了。

S大坐落在一望无际的苞米地里，全校只有三千人，男学生都一脸杀气。他一入江湖就将儿女情长瞬间抛到脑后，并一次次在夜深人静的时候穿上大裤衩跑到S大背靠的山头上俯瞰众生。林安默默地抽了整整一盒烟，对乔琪的思念如鲠在喉，让他时时感伤。他一脚踩灭了最后一星烟火，下山之后开始了人生中的第一次创业尝试。

林安从五公里之外的旧货市场买来两张床，找了家居公司的老板送货上门。一路上，送货的小哥问地址是哪儿，林安一手抓着车斗上沿儿，一边说：“不好说，到了你就知道了。”

这两张床就安放在了苞米长得最严实的地段。晚上林安找了四个小弟连夜开工，开辟出了一块荒芜之地后，拿着铁锹平出了三米见方的地方。林安把铁锹一扔，跟小弟们开了一个会议："一个小时五十块钱，为了保障客户体验，我们需要在客户体验地五米开外的地方一人把一个口儿看着，我们不允许任何突如其来的意外侵犯把我们的客户吓阳痿了。阳阳和刀疤负责市场开发招揽客户，大成子和灰灰负责排客户档期，我负责统筹管账，每次的收入透明公示。我是创始人，拿五成，剩下的你们四个人均摊。"

"苞米地星空体验计划"如火如荼地展开了，林安凭借出色的客户体验与合伙人的诚信品质很快就赚翻了。他跑到操场看台，一个人抽了很久的烟。一个皮肤黝黑的姑娘如风穿过，她的大长腿像是一把砍刀一样挥舞在夜空下，让林安感受到暗夜中有光在闪耀。就在黑姑娘跑到第七圈的时候，他伸手拦住她，非要给她买新衣裳，买很多，也不说为什么。

第二天，皮肤黝黑的长腿姑娘成了林安的女朋友，林安靠近她的时候总感觉身体滚烫，也搞不清到底是太阳的光芒还是炙热的欲望在作怪。

为了搞明白，林安在苞米地的大铁床上跟她上了床。那天的星空美得五洲震荡，黑姑娘问他会不会娶她，林安没说话。

黑姑娘一脸甜美赤身裸体地睡在他怀里，安详得像是找到了故乡。黑姑娘好像告诉过她的名字，但是他做爱的时候一直在恍惚，玩命奔突间好像错过了风中诗雨。不管怎样，这个姑娘身体滚烫，身上有他喜欢的味道——太阳的味道，那她叫什么就一点儿都不重要。

正当他心有惭愧决定俯身吻一下她的额头时，林安接到了乔琪的电话。

4.

乔琪恋爱了。

她说她认识了一个又帅又有钱的男孩子，但是她不确定嫁入豪门会面临着怎样的风雨，所以她想问问林安的意见。

林安从铁床上跳下来，伸手拿床单往黑姑娘身上盖了一下，苞米地里的风那么大，他依然听到了乔琪电话里掩饰不住的兴奋，她向往的三千繁华，终于如约而至。

乔琪的豪门男朋友周成宇充分向乔琪展示了真正的上流社会的生活，他开着玛莎拉蒂带着乔琪去工体挥金如土；在带她见他妈妈时，文质彬彬地展示了有钱人张弛有度的教养；他一口气给乔琪买了七个PRADA包包，告诉她按照星期编好号，漂亮女人每天都该有不一样的动人色彩。

乔琪完全被上流社会的繁华迷住了，林安知道她兴致勃勃地给他打电话，不是来向他征求意见的，而是让他为她加油助威，获得祝福。

“那你就跟他好吧。”林安说。苞米地里到处都是伺机发动攻击的虫子，它们没头没脑地撞击着林安的胳膊，林安试图伸手驱逐，却发现除了虚无他什么都无法赶走。这些虫子烦乱地在玉米叶上奔腾，无论林安走到哪儿，它们都试图出现在他的身边，好像下定了决心，要成为他这一生永远甩不开的风景。

“你同意了？”乔琪听上去好像已经迫不及待地爬上周成宇的床了。

“他娘的，你去吧，他要是甩了你，你就再来找我。”

“他不会甩了我的，他向我求婚了。”

“你还没毕业就要结婚?”

“不是，他现在只是求婚了，我还没答应，但是他想跟我一毕业就结婚。”

“嗯，他娘的，那也挺好，结吧，你快活就好。”

挂掉电话之后，林安发现胳膊上全是红彤彤的包。他觉得这个苞米地里的虫子实在是太贪心，只管抓住机会吃个底儿掉，也不怕因逞一时快活而撑死。

于是他转身往回走，也不知道走了多久，他一下子停在了铁床前。黑姑娘蜷缩在被子里，月光照耀着她，林安觉得她像一个不屈的英雄，正在默默用身体结束自己的追日之途。他在床边坐了一会儿，黑姑娘伸手拉了他一把。他小心翼翼地钻进被窝里一把搂住她，他感觉她浑圆的胸部好像在温情脉脉地冲刷着他这些年所有的记忆。

他吻她，泪流满面，说："刚才你问的问题，我会好好考虑。"

三个月之后，林安的事业如日中天，他每天都带着黑姑娘去买衣服，每次看到她在阳光下穿着新衣服问他好不好看的时候，他就觉得余生好像不再漫长，阴霾自此湮灭，他说："好看，简直就亮瞎了我的狗眼。"

那天林安拉着黑姑娘往学校走，路过一家珠宝店，黑姑娘仰着脸往橱窗里看了一眼，林安拉起她就要往里走，这时，电话响了。

林安接起电话，一直在点头说"嗯，嗯，嗯"，最后说了句"你来吧"。挂掉电话后，他说："今天晚上我的前女友要来，她遇到了一些事情，我得帮她解决一下，她到了之后先睡你寝室，行吗？"

黑姑娘一下松开林安的手，像是一个在野河中怅然失手的少女，她静默了一会儿，说："那你还会娶我吗？"

林安说："我考虑考虑。"

乔琪体检时查出了乙肝，血液中的HBV-DNA水平表现不佳，HBV-DNA大于10的5次方，母婴传染的概率非常高。

周成宇得知这个消息后，当天就像去世了一样，电话关机。乔琪去他家找了不下十次，每次保姆都说周少爷不在家。

不在家是什么意思？是他娘的死了吗？

5.

乔琪连夜从北京跑回四平，看到林安就扑进林安怀里号啕大哭。

他们一起跑到男寝室的楼顶上方，就像高考那一年一样庄严。他们一起朝着夕阳挥了挥手，一言不发地告别过去。

第二天一早，林安去找黑姑娘道歉，他说他要娶乔琪，他不怕什么乙肝不乙肝的，孩子领养一个都行。他虽然有些混蛋，但至少不会抛弃乔琪。

黑姑娘伸手跟林安握了握手，把一屋子的衣服拽到地上，从抽屉里拿出打火机就点着了。隔着烟火袅袅，黑姑娘说："你不是有些混蛋，而是很混蛋。"

男人其实从来没有什么婚姻观，只有婚姻欲。他跟你在一起的时候可能告诉你等有房等有车等时机成熟等心念归一，等尽你的大好青春后，他却转身跟另一个女人毫不犹豫地结了婚。

男人爱与不爱，都很绝对。所有的再等等，都是不够爱。

林安在四平的苞米地S大陪乔琪度过了寝食难安的八天，她每天早上醒来的第一件事儿就是大哭一场，毕竟，她离着豪门梦只有一步之遥。半生大梦醒在一次体检，这让她实在回不过神儿来。林安只好用力抱着她安慰她，却发现她的身子冰凉，不再滚烫。

乔琪回到北京后的第三天，她又给林安打来电话，林安听到电话里她又是掩饰不住的兴奋。林安有些颤抖，所以把窗户拉开，用力地呼吸外边的空气。

“我又查了一次，乙肝是误诊，周成宇当场就给我跪下了，他承认错误了，说是自己从小到大的教育害了他。其实也是可以理解，像他这样的家庭，不可能让孩子生来就带着威胁。”乔琪兴奋地说。

“他娘的，你去吧。”

“林安，这次我真要结婚了，但是我还是害怕嫁入豪门会害了自己，错过你也许我会后悔一辈子。”

“你结吧。我给你存了五十万，这个存折对你永远有效，嫁入豪门也不要觉得自己沾了他家多大便宜而忍气吞声。如果你将来离婚了，生病了，发生任何事情，也不要因为钱就要像狗一样讨好他们，记得气宇轩昂地来我这儿把五十万取走。这些钱对奢侈的上流社会算不上什么，但是不至于让你凄然一身，这就算是你最后的底牌，放心嫁吧。”

乔琪嫁了。

一年后林安打电话问她过得好不好，乔琪开心地说特别好，生了一个儿子，三千繁华加身，衣食无忧，老公对她疼爱有加。尽管她也知道周成宇外边有人，但是她认命。豪门子弟都一样，至少周成宇是顾家的，豪门婚姻就是这样，她欣然接受。她说："你呢？"林安没说话，电话就挂了。

三年后，林安娶了，新娘不是黑姑娘，是另外一个好看的姑娘，笑起来像阳光一样，抱着她的时候能感到她的身体滚烫。

林安在上海最繁华的地方买了一栋明晃晃的别墅，每天阳光姑娘起床后就是微笑，每当林安心如死灰的时候，她会朝着林安的脑门儿狠狠地亲上一口，然后说，去吧，去泡妞，去快活，去做点儿让自己开心的事儿。林安就会笑着拥她入怀，那一刻，他特别想就此抛弃岁月，即便江湖风波再起，他也坚信自己不再偏执，而是用新的方式去爱、去信、去笃定。

林安在去大理的三天前，阳光姑娘雀跃地帮他把每一件衣服和裤子配成了一套又一套。就在这时，林安又一次接到了乔琪的电话。

自从乔琪确定自己的生活幸福而满足后，他们已经有四年没再联系，但是，电话那头只是"喂"了一声，林安就一下听出来是谁了。

乔琪说她真的要离婚了。她用了十年的时间才弄清楚，这一切根本不是她想要的生活，兜兜转转了这些年，她在惊异中成长，在猝不及防中争着朝夕暖阳，到头来，她躺在月光下，想了很久才明白，林安始终是自己最好的选择。

林安哽咽了一会儿，说："琪琪，你的底牌还在，是五十万，它永远有效，你随时可以拿走它，但是你的底牌里不再包含我，我也不会为你离婚。”

说完之后，林安把阳光姑娘一把拽了过来，紧紧地抱着她。他嗅到了万丈光芒，嗅到了苞米地上空的月光如华，这些味道就像风中的一首诗，娇躯绵绵，拽着他奔跑了半生。他一直以为自己留在原地不肯离开，真的只是为了等一辈子，后来他才知道，他只是跑累了，只是跑累了而已。

正值深冬，冷寂无人，流岗静默，钟声若有。

情既深，不免半生婆娑；爱昭昭，不抵岁月落寞。

我曾是你酷酷的底牌，却从不是你随时可以掉头捡起继续上路的备胎。

当我年少不再，
才懂了那个男人不善言辞的爱

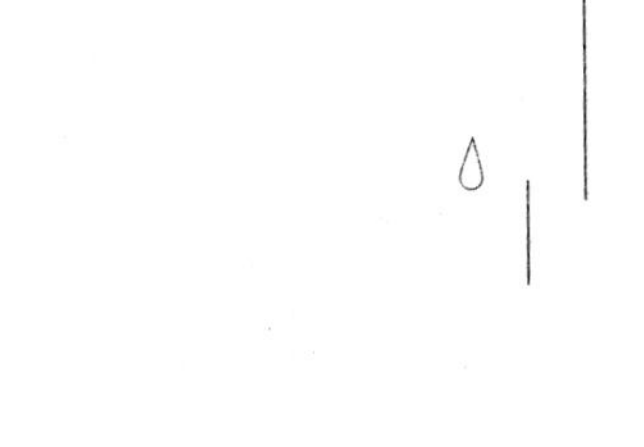

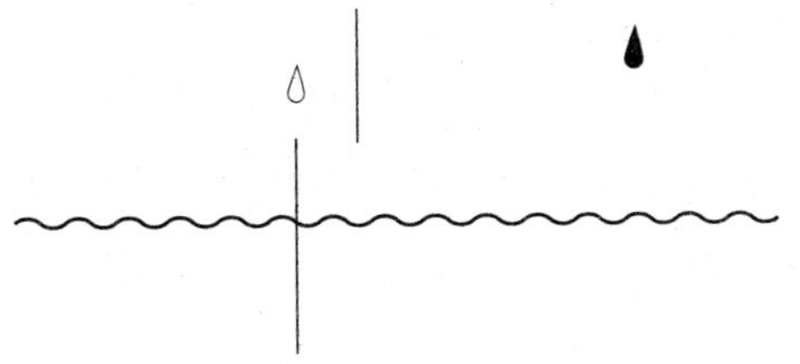

我从来没跟我爸谈过心，觉得没什么好谈的，父亲节的电话也是打给我妈，然后让我妈转告他，节日快乐，给他寄了茶和枸杞，记得查收一下。

我妈问我：“你咋不直接打给你爸啊？”我说：“我爸耳朵有点背，还爱打岔，每次我俩说话都跟吵架似的，太费劲儿。”

不知道男孩子跟爸爸是怎么相处的，反正我自始至终都没学会。小时候觉得他专横霸道太过严苛，长大了的我变得好像比他更果敢霸道主意正，所以又觉得他有些脆弱无能太过话痨。

1.

八岁那年的一天，我妈不在家，我的同班同学小菊伙同我向家里要二十块钱，准备一起去赶集买旗袍。当时我爸刚从地里回来，一身泥，关着门在屋里换衣服。我在门外徘徊了半天，不太敢张嘴，毕竟我爸这暴脾气我再了解不过，一言不合就要把那一双牛眼瞪得溜圆，夹起我来就关小黑屋，一关就要至少三个小时，不管我哭得有多死去活来，他都能做到无动于衷地吃一盘花生米喝半瓶啤酒睡一小时午觉，更恨人的是，他还警告我妈，要是偷偷把我放出来，晚饭就让我没得吃。后来我妈这个没有原则的女人就选择跟我爸沆瀣一气，在每次我惹毛我爸的时候，她都不再劝我爸消消气，而是把眼睛捂起来，眼不见心不疼，任由我爸像夹毛毛虫一样把正忙着鬼哭狼嚎的我带走。

小菊在我家门口急得团团转，朝着公交车来的方向心急火燎地比画了一下，示意我再要不出钱，车来了她可就不等我只身前往了。

于是我冒着九死一生的危险，小心翼翼地开口了："爸，我想买旗袍。"

"旗袍？去哪儿买？"

"去十三中大集那儿，跟小菊一起，她等着我呢。"

"那不是还要坐公交车？等你妈回家跟你一起吧，俩小姑娘去那么远的地方我不放心。"

"爸，加上来回车费一共就二十块钱，你快给我吧，就算我借你的，等我长大了一定把钱还你，我妈都不知道忙到啥时候才回来。"

"不行。"

透过窗户，我看到小菊回头瞥了我一眼，然后用小指朝着我顶了一下，接着就一脸鄙夷地上了公交车。

看着公交车绝尘而去，想起那件跟小菊意淫已久的美丽旗袍，我的泪水就在眼眶里直打转。

“你到底给不给我钱?!”

我爸一推门，把腰带从裤子上抽下来，一下冲到我面前，眼珠子又瞪得牛眼大，眼眶都气红了，朝着我大吼一声：“你怎么跟爸爸说话呢？不给!”

我瞅了一眼他手上的皮带，“哇”的一声就哭了出来，跺着脚说：“你就是个坏人，完全的大坏蛋，你爱给谁当爸爸就给谁当爸爸去，反正我早就想换掉你了。”

说完我就一个人跑到小黑屋里去了。

晚上我妈回来了，叫我出来吃饭。我气哼哼地说不吃，还在小黑屋里主动插上了门插销。以前都是我爸在门外上锁，那“咔吧”一下结结实实锁上的声音，恐吓了我整个童年。以至于我放学从来没有最后一个走过，我不想锁门，不想制造出这样一个听上去让人绝望透顶的声音。

过了一会儿，我妈来敲门，透过门缝我偷偷地看她。她看上去有些伤心，但是没有像往常一样疾言厉色地对我加以恐吓，而是央求我跟我爸认个错，她说爸爸血压高了头晕，胃也疼，吃不下饭去，不管我跟爸爸之间发生了任何不愉快，都还是先哄着爸爸好起来把饭吃了为妙。

我在屋里号啕大哭，嚷嚷着说：“我不吃，也别想让我给他道歉，他竟然拿着皮带想抽我，我根本没有这样的爸爸。”

第二天我爸住进了附属医院，我吓坏了，问我妈是不是我的错，我妈说："不是，你爸的胃病是年轻时候落下的，最近反酸反的厉害，过几天就出院了，别怕。"

我不情不愿地给他送了一个星期的饭，放下就走，也不叫爸，更别提道歉。

我从小就倔得要死，自尊心看得比什么都重要，当时就认定爸爸故意用生病来给自己拉票，以便把所有的不幸都嫁祸到我头上。

那个时候常常冒出来一个怪念头，我也想得一种吓唬人的病，说倒下就倒下，说活过来就还能活过来，吓得别人鸡飞狗跳，吓得爸爸妈妈不管我说什么都答应，谁也别想再对我颐指气使，谁也别想不顾我内心的恐慌一把将我扔进一个除了书什么人气儿都没有的小黑屋，谁也别想。

2.

十五岁那年的一天，我被命运之神选中了，作为尖子生被发配到一个离家六公里的学校里读中考重点班。

我简直高兴坏了。这些年来，我在学习上一直没有放松过警惕，唯有努力才能飞得更高，知识改变命运是我最喜欢的真理。

离家的前一天，天降大雨，就读在我家附近一所中学的表姐被她妈妈要求不许回家，而是安顿在我家吃午饭。

午饭时我妈兴高采烈地给表姐盛了一大碗饭，我表姐看了一眼，“哇”的一声就哭了，把我全家都看蒙了，她抹了抹眼泪泣不成声地说了一声：“姨，我想回家吃。”

我妈骑上三轮车送表姐回家，这样的热闹我根本不肯错过，所以以不放心表姐为名，执意爬上了我妈的三轮车，跟着她去了我姨家。

表姐一到家就一头扎进我姨怀里，我姨也蒙了，就问她哭啥，她说她不敢在我家吃饭，因为每次动筷之前我爸就严肃认真地要求每个人不许剩饭。她最害怕下雨天，想起每逢下雨天就要被我家的饭撑死的往日她就难过得无以复加。

我听完之后简直就感觉高山流水遇知音，跑过去像一个大人一样拍着表姐的肩膀，安慰她说：“我爸就是变态，从小穷得吃不上饭，到老了还是怕挨饿。在我家谁也不敢剩饭，每次我上饭桌就像上油锅一样，不吃就饿，吃了怕剩，我早就受够他了。”

“小轨，你怎么能这样说爸爸呢？”妈妈和姨都震惊了，她们几乎同时说出了这样的话，这让我烦透了大人毫无原则的沆瀣一气的做法。

不过，一想到从第二天起我就可以一周回家一次了，我也就不再跟她们计较什么了。推开我姨家的大木门时，我回过身去，再三相劝，让我姨别再把孩子送到我家吃午饭了，“都是亲生的，怎么下得了手呢？”

我妈推了我一把，说："别胡说八道，快走吧。"

到家之后，我发现东西都打包好了，我问我妈："卫生巾装进去了吗？"

我妈说："不知道，不是我收拾的。"

我一惊，赶紧去行李箱里扒拉，发现所有的东西都被码放整齐，卫生巾也被塞好了。我趴在窗户上往院子看了一眼，我爸一个人躺在藤椅上，手里装模作样地摇晃着一把破蒲扇，眼神涣散地看着满天繁星。

第二天早晨四点，爸爸开着三轮摩托拉着我和所有的东西摸黑出发。从环岛开出来上高架桥的那段路风特别大，冻得我打了喷嚏。他把车停在高架桥边上，摘下头盔来让我戴上，我说我不想戴，有臭臭的汽油味。他冷着个脸看了我一眼，硬是把头盔给我扣在了脑袋上，我噘着嘴巴生了一路的气，唯恐新学校的同学看到我头上扣着个脏兮兮的头盔，彻底破灭了我从头再来的女神梦。

那个时候我迷恋各种电视剧，里边的小女孩经常搂着爸爸的脖子要东要西，我这辈子都没有搂过爸爸的脖子，我觉得这种撒娇办法只能让我死得更快更惨，我长大之后也不想找一个爸爸这样的男人。

3.

十八岁的那年，我高三。

我终于过上了需要一个月才回家一次的好日子，有时候甚至还可以以学习太紧为由，两个月回家一次。

我妈有时候红着眼睛跟我打电话，说实在是太想我了，也不知道我在学校吃得香不香辣不辣，我就说过得特别好，非常好，不能更好。

其实高三那段日子我过得特别不好，我早恋了。我既想赶紧考上大学离开这座禁锢了我十八年的城市，也担心失去我认为比什么都重要的爱情，从此天涯两隔再无相见。

中秋节，男朋友回家过节了，他家就在学校附近，他要回家团聚，我特别想跟他回家也团聚一下，但是他特别害怕他爸妈会因此打断他的腿，所以婉言谢绝了我没皮没脸的好意。

下午上课的时候，老师把模拟考试的成绩公布了出来，我考了第28名。历来文科班的本科上线率一个班能上二十个，我之前一直都是前8名，成绩单传到我这儿的时候，我手指头都在发抖，那一刻我觉得自己就是只折翼的蛾子，扑棱半天还是折在了半空中。不但不能飞到大城市变凤凰，也极有可能就此失去自己认为值得托付终生的爱情，一种前所未有的loser感让我心灰意冷，看到树叶在秋风中萧瑟而落都会伤感到水米不思。

那一年胡歌刚开始演《仙剑奇侠传》，火得全世界小姑娘都想倾尽所有地去推倒他。我同桌是有城市户口的姑娘，她对好好学习不抱任何希望，也不认为自己勤勤恳恳的努力有啥用，只是忙着日复一日地问我十次胡歌帅不帅，然后在每天早上来到教室的时候认认真真亲一口课桌上胡歌的贴画。她非常严肃地告诉我，她努力的全部意义就是有朝一日能嫁给他。

我羡慕她野心勃勃不切实际，而我只想逃离这个家。原以为我唯一有十足把握做好的事情就是通过考上大学奔赴远方，可是临近高考这次模拟考试的致命一击让我觉得自己是个巨大的笑话。

历史课堂上，同桌看出了我万念俱灰的消极，有些担心我会自杀，所以像一个小大人一样，劝我不要这样，还说她之所以活得这么快活，就是庆幸自己有个有能耐的爸爸。她爸爸说如果她考不上大学，就送她去英国读书，说完就把她爸爸的照片拿给我看。我一看，真是吓一跳，西装革履，大背头，笑容俊朗，一看就是受过良好教育的爸爸。我“啧啧”称赞，一想起我那不修边幅满脸皱纹的爸爸就有些哀伤。

正在这个时候，有人敲门。历史老师放下粉笔去开门，同桌坐在靠窗的位置往外张望，说了句“是一个戴着帽子的土鳖老头儿”，然后就要向我安利（推荐）胡歌。历史老师进来，喊了我的名字，说：“小轨，你爸爸找你。”

我同桌一惊，“卧槽”了一句。我红着脸赶紧往外跑，唯恐我的土鳖老头儿试图探头探脑地寻找他的女儿，而让我颜面尽失。

“爸，你来干什么？”

“给你送吃的，中秋节你一个人在学校，估计也吃不到什么好东西。”爸爸指着三轮摩托车车斗里的一个纸箱子，面无表情地就要帮我把这一箱子东西搬到宿舍。他头上顶着一个写着“Abidas”假牌子的鸭舌帽，脏兮兮的全是褶子。

“不用，你快走吧，我还要上课呢。”我有些担心他帮我搬进宿舍的时候会碰上更多的同学，于是一咬牙，就把箱子抢了过来，晃悠了两下，差点儿将我压垮。

“你搬不动。”我爸又要夺过去。

“我搬得动！你快回去吧。”我强撑着搬着箱子后退了一步，转身就往宿舍走去。

没走出去十步远，我爸突然冲到了我面前，定定地站住。

我不厌其烦地说：“你快回去吧，我搬得动啊。女生宿舍，你也不方便进去。”

“不是，闺女，你钱够不够？”他脸一红，说着就从兜里掏钱，皱巴巴的一把，一股脑儿都塞给了我，然后急匆匆地出了校门。

我放下箱子看了他一眼，他佝偻着身子走得依然很快，后背全是汗。我只是没注意从什么时候起，他驼背驼得像个老头儿一样了。

门口的保安走到我面前，说：“我帮你搬上去吧。”

我说：“不用，不用，我能行。”说完就又要搬起来，箱子却重重地摔到了地上。

"没事儿，我帮你搬上去吧。我爸以前活着的时候，去学校看我就两样事儿，学习累不累，钱够不够花，这些整天面朝黄土背朝天的老爷们儿连句话都不会说。"他弯下腰之前，扭过头去抹了一把眼泪。

秋意渐浓。下了晚自习，我跑到IC卡电话亭给家里的座机打电话，想问问爸爸到家了没，却怎么也没问出口。

妈妈问我："箱子打开看了没？里边有五十种吃的，你爸爸说你吃东西没耐心，容易厌倦，所以一样给你放了点儿，凑了五十种。"

"哦，以后别让爸爸戴这种洋不洋土不土的帽子了，等我挣钱了给他买个真阿迪的。"我在这边说。

"你爸怕一头白发去找你会让你没面子，但是他的皮肤又对染发膏过敏，考虑再三，在去给你送吃的之前还是把头发染了。染完头皮红得一片一片的，只好戴上帽子遮着。"

挂掉电话，我在电话亭里哭到站不起来。

后来觉得，好像就是从那一天开始，我的身上才算是开始长了心。

4.

二十二岁那一年，我大二，寒假回家。

潍坊的冬天没有烟台冷，但是一出门还是寒风凛冽，我带着爸爸坐公交车去市里买衣服。上车后，没有座儿了，我们一人把了一边的吊环，形同陌路。

几分钟的工夫，后排站起来一个小伙子，要给我爸让坐。我爸刚要谢绝，却被小伙子盛情难却地扶了过去，我转身看着他，他蹒跚了两步，晃晃悠悠地坐了下来。

我一下子惊在了那里，眼泪唰一下就流了下来，我别过身子去看向窗外，那一刻我没有去想小伙子的高风亮节尊老爱幼，也没想我爸一向走路如风一脚一个坑，如今怎么公交车上挪地方都要靠人扶，而是一下子意识到，他已经到了需要让人让位的苍老年龄。

这些年我在外边上学，无数次给老人让位，总觉得这些需要被陌生人共同关爱的老人们风华无几，让人很是心疼，总是觉得他们已经老到需要人去照顾，却从来没意识到，我爸也已经悄然衰老到了需要被年轻人让座的年龄。

5.

二十六岁那年夏天，他住院做了一个手术，被推出来的时候，嘴巴是张着的，眼睛闭得死死的，手耷拉在手术车边，我吓得狂喊他，妈妈脸色发白，那一刻真是特别真切地感受到了失去一个至爱亲人的恐慌与害怕。

大夫说："你们别紧张，手术是顺利的。麻药还没过劲儿，多叫叫就醒了，两小时内不准睡觉，勤跟他说说话。”

回到病房后，我妈因为术前陪床整个人累到完全没了精神，但一直在紧紧握着爸爸的手。在我二十多年的人生中，那是我第一次见他们手拉手。

妈妈喊了声：“哎，你快睁眼啊！”

他没睁眼。他们在一起的这些年，没有昵称，没有老婆老公的称呼，都是互相叫对方一句“哎”。

以前我总是跟我妈说，像我爸这种脾气倔又不懂浪漫的男人，我死也不要。

我喊了声“爸”，他就把眼睛睁开了，依旧是一副喜怒无常的样子。我妈看到当即就“呜呜”地哭了，爸爸的眼珠子往病房两边的床位转了一下，动了动手，没抬起来。

后来我才知道，麻药让他的脸看上去像是面瘫一样，其实他是想扬起嘴角，然后告诉妈妈，别哭了，让旁人看了笑话。

“大夫不让你睡觉。”我说。

“困。”他缓缓地挤出一个字，眼皮耷拉着，看上去千斤重。

“我们聊聊天。”我说。

他没说好，也没说不好，就直勾勾地看着我。

我平日里又能写文章又能扯淡，可是此刻屁都崩不出来一个，急得我满头大汗。这些年我从来没跟爸爸聊过天，小时候看不起他累死累活的体力劳动，长大后离家万里不知道他每天都在做什么，喜欢什么。

不了解，又怎么聊天。

“爸，你现在都喜欢干啥?”我像一个媒体记者一样，生生地问了一个蠢问题。

“跳舞。”他眼睛里亮晶晶的，浮肿的脸让他看上去有些虚弱。

“跳舞?”我吓了一跳。

妈妈告诉我，自从我离开了家，爸爸就不太喜欢一个人躺在藤椅上待着了，吃完饭就骑上自行车去离家两公里以外的地方看人跳广场舞，后来就躲在角落里跟着跳。

后来的后来，妈妈说他耳朵有点背，骑着自行车穿过马路的时候太危险，就禁止他在傍晚的时候外出，于是他就爬上小区的看台，带上唱录机，在月光下一个人跳。我妈就坐在不远处，不时站起来看看他还在不在。

离出院还剩一天的时候，他俩高兴得就像是一对刑满释放的小朋友一样。我妈那天早上把窗帘拉得很靠边，破天荒地跑到医院对面的粥店买了十块钱一份的粥，急不可耐地催着我去办出院手续。

我刚要往门外跑，爸爸突然从床上跳下来说要去上厕所，结果还没走到厕所就把秋裤尿透了。我站在一边吓得脸色发白，这个厕所距离爸爸只有十米不到啊，为什么爸爸会像一个小婴儿一样说尿裤子就能尿裤子?

妈妈端在手中的粥“吧嗒”一声掉在了地上，爸爸把眼睛闭上，脸红得像是生了麻疹一样。他耷拉着两条腿，一步一步拖着湿淋淋的秋裤挪回床位，一下子把自己关进了病床周边的吊帘里。

我假装镇定地让妈妈坐好，然后招呼卫生人员来把地上清扫干净，又跟妈妈说了一句：“别担心，我去问问主治大夫，然后再去商场给爸爸多买几条秋裤。”

出了病房后我就杀到医生办公室，像个神经病一样疯狂地晃动着年轻的主治大夫：“你们怎么给我爸做的手术，为什么会出现小便失禁的情况？你让他一个大男人的颜面何存？你们让他下半辈子怎么过？”

大夫安慰我说：“姑娘，别紧张，可能最近饮食不当有些炎症，他不会一直这样下去的，偶尔也会出现这种情况，再延迟出院观察几天吧。”

我半信半疑地退了出来，去商场给爸爸挑秋裤的时候，一边挑一边哭，脑子里全是爸爸后半生不能自理的场景，特别心疼这个要强了一辈子的男人，将如何面对这样的余生。

所幸，虽然没能如期出院，情况却有了好转。

爸爸出院的前一天，公司出了事情，催命一样一天给我打了不下三十个电话，接最后一个电话的时候，我怒火冲天地在电话里骂了老板：“别打了，老子不干了，公司死就死吧。”

那天晚上爸爸一口气吃了很多饭，还四处转悠了好长时间，然后跟我说：“你看，我都好了，都好了，你该走就走你的。”

如今有朋友初为人父，他给我打电话报喜的时候，激动得泪流满面：“小轨，我终于生猴子了，是个闺女。”

我说：“今天正好父亲节呢，你闺女真会挑日子啊，感觉怎么样?”

他兴奋地说：“什么怎么样，既然生了猴子，就要努力做一棵参天大树啊。”

挂掉电话后，我哭成了个呆瓜。

是啊，既然生了猴子，就要努力做一棵参天大树啊。

只是，为什么要等到很多年之后，连我们的年少都不再时，我们才能懂得这个男人不善言辞的爱呢?

校花陨落

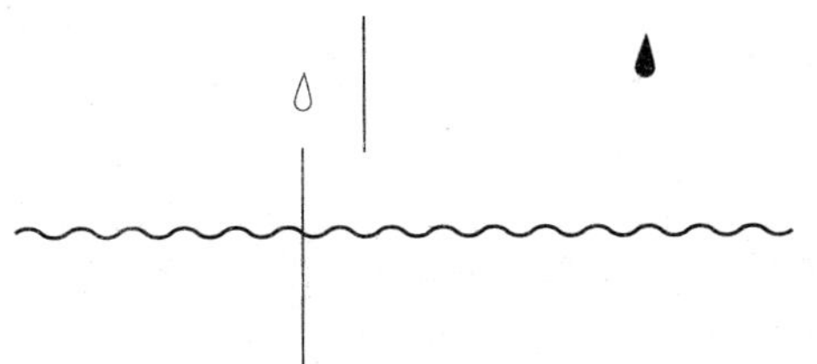

林林坐在我对面抽着烟，说："我现在总算是明白，为什么《匆匆那年》又或是《致青春》，结局总是分开。"

说完她眼睛红红地掀起衬衫，露出半个雪白的乳房，气定神闲地给怀里的宝宝喂奶。她心不在焉地捋顺手中的一缕长发，又突然目不转睛地盯着一根白发，使劲一扯，放在手心里端详了半天，微笑着吹了一口气，像是在给刚刚呼啸而去的警车送行。

1.

林林有一天脸红脖子粗地冲进教室，看到我后"哇"一声哭了出来。

她哭哭啼啼地给我讲了事情经过。

三分钟之前，她心急火燎地往女厕所跑，不小心跟猥琐校痞张大庆撞了个满怀。对林林觊觎已久的张大庆假借扶起林林的机会，趁机毫不客气地摸了一把林林的胸。

这一年林林十四岁，是我的同桌，一个用倾国倾城貌迷乱众生但始终保持孤孑一身的校花。

林林也不是高傲到谁都看不上，有一次她指着《时代影视》上的林志颖，问我：“小轨，你快看，这个角度的小志像谁?”

我头也不抬地说：“像郑铮。”

林林扳过我的脑袋来，冲着我脑门儿“吧”地一口，说：“不愧是学霸小轨，果然慧眼如炬，我就说小志长得有点像郑铮吧，她们还都说不像。”

我说：“我也不觉得像啊。”

林林一脸疑惑地瞪大了眼睛，说：“那你怎么一眼就看出来小志像郑铮?”

我说：“我是一眼看出来你喜欢郑铮。”

林林一下涨红了脸，左右环顾了一下，右手臂支撑着半个脑袋，一脸欣喜地从口袋里摸出来一个绿油油的小吊坠，在我眼前荡来荡去，说：“瞧见没，勾搭上了，他昨天送我的，塞到我手里就吓跑了，尿毙了，但是我好喜欢。”

郑铮白白净净，高高瘦瘦，鼻梁直挺，唇色绯然，侧脸满分，当然，这些不足以让他在林林的众多追求者中脱颖而出，林林之所以愿意主动勾引他，是因为他还是校长的独子。

我觉得郑铮有点尿，又阴气太重，笑起来时散发出一种辣眼睛的柔美。但是林林不屑一顾地批评我说：“一看你就没见识，像这种阴柔的富二代，别看他在别人面前不苟言笑，床笫之间必定情意缠绵。”

也许林林说的有道理，毕竟，她看过的色情小说比我看过的言情小说都多。

那时候我迷恋天上星、水中月，林林则喜欢高大威猛一言不合就推倒。尽管我知道她只是在吹牛，但是班主任依然觉得她十分危险，于是特意把她从最后一排调到第一排来当我的同桌，希望她跟第一名坐在一起之后能够学好一点，至少不再稳如泰山地把持着倒数第一的位置，哪怕考个倒数第二也好。

一个学期下来，班主任的良苦用心果然没有白费，我直接跌出了前5名，林林为自己成功带坏我高兴了好一阵。

我们放学后在操场偷着同抽一支将军烟。那个时候，她总说离着河边最近的那块石头长得像一块巨大的蜂蜜，那一季的“勿忘我”在水洼里闪闪发光，郑铮经常假装从河边路过，跟林林偶遇，但是从来不敢主动跟她打一次招呼。

后来林林实在忍受不了体内滔天的欲望之火，从家里扛来一把铁锹和米尺，硬是在郑铮每天的必经之地上挖了一个跟郑钧的体形绝配的大坑，查了好几部军事书，设计了一个完美到爆的陷阱，然后活捉到了郑铮。

林林像是一条装满心机的塑料袋一样欣喜若狂地朝着陷阱狂奔而来，如愿以偿地上演了一场美女救英雄的大戏，终于让两个人的关系有了实质性的进展。

但是林林的爱情刚刚步入正轨，这个惹她嫌恶的张大庆就破坏了她身体的完美。这件事儿让林林感到恶心至极，一连好几天上课的时候只发呆不捣乱，一直一丝不苟的刘海儿有一天早上竟然还粘连在了一起。

功夫不负有心人，林林终于想出了一个报复张大庆的法子，但是她心事重重地拉着我的手说，这个事儿，还需要一些并不重要却又十分必要的龙套演员的帮忙。

2.

张大庆是校痞老大，走路的时候像一头上了脖套的驴，时刻抻着脖子，还左右打晃，张口闭口就说，华阳中学的这个天下是他一板砖一板砖地打下来的，谁不服就来干。

初中生也真是好骗，事实上张大庆真正动手打过的架也就两三次，其余的全靠以多胜少、以大欺小。

林林说她之所以看不上张大庆，倒不是因为他整天游手好闲、打打杀杀，而是他回回都投机倒把、胜之不武，决然不是她心目中的英雄形象。所以林林看破红尘般地告诉我，上天赐予她倾国倾城貌，就是让她七挑八捡一身公主病的，她与其找个靠嘴炮混饭吃的假老大，还不如找一个有权有势的官二代。

林林对爱情有一套严明的体系，一个女人，永远不能让任何渣渣与备胎占到丝毫的便宜，要时刻保持自己圣洁而完美的身体，将来请君入瓮，竭力保障自己心爱的男人能够完整享用她的大好山河。所以，虽然林林嘴上不正经，但是在其他同学面前她高冷得像是一块冰碴子，没事儿的时候就在自家院子苦练六脉神剑以防身。

她总说暴力解决不了问题，但是暴力可以解决制造问题的人。

尽管如此，林林还是防不胜防地被张大庆这个癞蛤蟆袭了胸，林林简直就要气炸了，但是林林最后倒是想开了，毕竟“没有悲伤的地方就没有花朵”。于是在一个午后，她鬼鬼祟祟地把我叫到一个犄角旮旯，往我手里塞了一盘封皮印着小虎队的磁带，对我耳语了一番后，再三叮嘱我不要把这事儿给她办砸，然后牵肠挂肚地跑了。

那天晚上，我跟一群忙着抽烟的人在屋檐下躲雨，反复在想林林为什么要我帮她把这盘磁带交给班主任，这盘磁带里到底唱了什么，以致能把张大庆的名声搞烂。

好奇心驱使我没有把这盘磁带马上交给老师，而是偷偷带回家放进了老式音响里，为了不至于突然蹦出来什么见不得人的绝密内容吓得我爸妈魂飞魄散，我专门挑选了爸妈吃完晚饭出去散步的时间按下了音响的播放键。

奇怪的是，我只听到了一个女人大喘气的声音，时而尖叫，时而娇喘。直到听完大半盘，突然听到一个女声磕磕绊绊地在念“人历历，马萧萧，旌旗又过小红桥”。我皱着眉头恍然，这不是林林的声音吗？这都录了些什么啊？是不是林林拿错了？

于是，第二天一早，看到林林放好自行车后刚要进教室，我赶紧拉着她去了厕所墙根下，一棵巨大的梧桐很好地掩饰了我们的阴谋。

“林林，你是不是拿错了？我听了一大半，里边什么都没有，就听到你读了一首宋词。”我从裤兜里掏出磁带，放到了林林手上，提醒她再检查一遍。

“什么？你听了？谁让你听的？这个东西是你能听的吗？”林林突然紧张，脸蛋红到脖子，也不知道是因为担心还是气的。

“不是，我就是好奇。但是你好像真的拿错了，里边什么都没有。”

“不能吧？我没录上？最后那个读诗的环节确实不应该出现，我就是怕没录上，特意从我哥的课本里找了一首辛弃疾的《鹧鸪天》读了一下。我听了，应该录上了啊，而且我后来也抹掉这首词了啊，没抹掉吗？”

“嗯，没抹掉，读的可响亮了。倒是前半部分，特别不清楚，就听见一个女人在那唉声叹气地叫，像是被针扎了一样。”

“废话，前边能太响亮吗?!”

“你想录东西陷害张大庆，录不响亮怎么当证据?”

“这东西不能录得太响亮了。”

“为啥?”

“因为我在模仿一个女人在床上的呻吟声啊。”

3.

林林想到的报复大计划，是一个黄色声带举报计划。

林林之所以能想到这么一个脑残的计划报复张大庆，是因为去年的某一天，在放学路上，张大庆曾经带着几个小弟将林林拦在一个小胡同里，说林林这副不苟言笑的高冷样子一定是因为发育受阻造成的。

为了保障林林能够顺利健康成长，张大庆决定送林林一个神秘礼物。林林气得从自行车上一下跳了下来，冲着张大庆的裤裆就是一脚，气急败坏地说："我去你大爷的发育受阻，回去好好养鸟去吧。"

生气归生气，林林还是收下了张大庆的一番美意。见多识广的林林回去一听就听出来这是一盘黄色声带，里边的女人哼哼唧唧忽而嗨哟的浪骚劲儿把她气得晚饭都没吃，一把将磁带从随身听里抽了出来，两脚就给踩了个稀巴烂。第二天本来想要找张大庆算账的，结果张大庆却以生了一个奇怪的病为名向班主任请了一个星期的假。

林林"扑哧"一声笑了出来，暗暗骂了一句"活该"，心想踢男孩子裤裆这一招果然好使。

但是当天晚上，张大庆的家长就去找了林林家长，用大人特有的含蓄与认真向林林家长警告了小姑娘家这种癖好的恶劣和严重后果。于是林林妈妈恶狠狠地批评了林林，并十分严肃地告诉她，如果下次跟人家打架再踢人裤裆，一旦出了什么事儿，可不是他们这个家庭能赔得起的。

从此，好长一段时间里，张大庆都不敢再来招惹林林。

但是初三之后，贼心不死的张大庆又开始变本加厉地缠着林林，但凡头一天林林收到了谁的情书，第二天那个男生必然就会鼻青脸肿地出现在教室里，连郑铮也未能幸免。

郑铮之所以一直喜欢林林却始终若即若离，就是因为见了张大庆就吓得哆嗦，真是白瞎了这么优越的家世。

就在张大庆对林林袭胸事件发生的当天晚上，郑铮没再骑着自行车经过跟林林心照不宣了一个多月的虞河。林林气急败坏地找到他家里去，郑铮支支吾吾地说，他想好好学习，不想因为林林而被一帮小痞子整天威胁来威胁去的。

林林说："你傻吗？你不会告诉你爸啊？"

郑铮说："我不敢，他们肯定会报复我的，况且从小我爸就教育我说，一个巴掌拍不响，苍蝇不叮无缝蛋。"

林林上去就甩了郑铮两个大耳雷子，回去就想了这样一个脑残计划来报复张大庆。她想告诉班主任，张大庆想从精神上腐蚀她纯洁的心灵，但是证据已经被自己两脚踩了个稀巴烂，于是她只好伪造一份证据，反正磁带也不会再流回张大庆的手里。

为了让整件事情发生得更加自然可信，她特意安排了我去做检举人，而她就安静地扮演一个美丽的受害者。

可是，我还是觉得这是一种嫁祸，所以我再三规劝林林能不能再想想别的方案。林林说：“没有别的了，就这个法子最毒，保管他能被记大过。”

我说：“这么严重啊，那让我考虑一下行吗？毕竟我是从犯，况且我还是个学霸。”

林林说：“可以，你考虑一下吧。”

因为我的瞻前顾后，她跟我冷战了两个月。

两个月之后，我终于送出了用于检举张大庆思想长毛的证据，本来怀着小兴奋等着第二天看张大庆的笑话，林林却先出事儿了。

4.

谁也不知道林林跟张大庆上床这事儿，到底她是半推半就的，还是被张大庆诱奸的。

青春期偷吃禁果这件事儿只要你不说我不说，也不至于闹得满城风雨，但是林林却倒了八辈子的大血霉——怀孕了。

于是，这件事儿彻底轰动了整个中学，在那个牵手都是稀奇事儿的青春年少阶段，林林因为长得耀眼夺目，几乎被所有人戳着脊梁骨骂成了骚货。林林妈妈去找了张大庆的家长，要求对方给个说法，还姑娘清白，但是到头来不但没有得到任何说法，还传出了自己姑娘骚浪轻贱没教养，还要出来敲诈别人的传言。

林林的座位空了一个星期，之后林林就转学了。

听说她是被她妈妈带去了上海。因为林林尝试过留在学校继续当一个高冷的校花，但是她发现自从出了这桩事儿后她就变成了一个笑话，没有人在意这件事儿背后的真相，但是所有人都小声说她不要脸，活该。

林林找了一个周末趁着同学们都不在，收拾走了自己所有的东西，然后办理了转学。在一节语文课上，我打开课本翻到鲁迅的《故乡》，突然发现里边夹放着一张字条。

上边有一行字："小轨，你也认为是我勾引了张大庆吗?"

我当场落泪。那个年代没有手机，我也没有林林的地址，我根本不知道怎样才能把心里的这句"我相信你"告诉林林。她此刻在另一个我从未去过的城市，过着怎样的生活？听着怎样的闲言碎语？是否又一次交友不慎地认识了像我们这些同学一样不分青红皂白恶语相向的人，或像我一样懦弱的朋友？

林林桌子上的明星小贴画好像被她用刀子刮掉了一半，但是凭着另一半，我依然能看到林志颖甜甜的酒窝在冲着这个世界温情脉脉地微笑。

毕业那一年，我被选拔进了一所专门定向培养尖子生的重点学校，离家五公里，进入了一个新的环境。

林林突然又被她妈妈带回了老家，跟我进了同一所学校，林林在我们班门口向我招手，然后给了我一个巨大的拥抱，笑嘻嘻地说为了跟我进同一个学校，她妈妈可是花了一笔巨款，说完之后把藏在身后的炸串塞到我手里，说："尝尝，比原先那所破学校的炸串好吃一万倍。"

天空中挂着一块块顽固的云彩，林林看上去依然那么好看，笑起来依然很灿烂，但是她说我像以前一样肤浅，因为走在大街上的人看上去好像平凡而简单，但是没有人知道他心里背着的包袱有多重。

在新的学校里，林林像变了一个人一样，虽然她的学习成绩依然差得要死，但是她每天都在不紧不慢地夹着本和练习题来回穿梭，她说这样竟然比之前整天忙着"选妃"更有意思。

我以为我们会这样平稳地过完中学的最后一年，但是突然有一天林林红着眼睛蓬头垢面地跑到我的寝室，抱着我号啕大哭。

5.

林林哭着说："为什么？为什么还是有人不肯放过我？这件事儿是我的错吗？"

"到底发生什么了？"我急得眼泪都出来了，知道这事儿肯定不小。

"小轨，我好羡慕你啊，学习又好，人长得也周正，那么多人喜欢你。我做不了好学生，但是我也没有危害别人，他们为什么要揪着我不放?”

林林在这个学校里依然夺目闪耀，很多书呆子学霸从未在尖子班里见过如此美貌绝伦的姑娘，于是不少一向以学业为重的男同学疯狂地给林林写情书，送礼物。林林像一个将自己冰封千年的仙女一样，对所有的追求一言不发、不予理睬，即便如此，她打过胎跟人上过床的消息还是诡异地传遍了整个学校。后来，竟然有一个男同学跟一帮校外的小痞子突然在一个角落里拦住她，说既然她这么骚，要不要跟他也玩玩。

林林疯了一样挣扎了出来，哭着跑到寝室来找我。

而分到这个重点学校，原先就认识林林的人，只有两个：一个是我，一个是郑铮。

中考的三个月前，林林退学了，她走的时候没有跟任何人告别，她觉得这个世界都在忙着对她赶尽杀绝。林林被强奸了，她妈妈觉得丢脸，于是选择了两家和解，但是这个世界的流言蜚语却不肯跟一个少女的伤疤和解。

人人都知道要放过自己的过去，却很少有人懂得对别人的事儿闭嘴。

大二那一年，我坐着公交车回家，时隔四年，我又一次遇到林林，她穿着一件红色皮草，过膝长靴把细长的腿拉得更加修长，左脸颊上多了一道长长的刀疤，看上去像一条蜈蚣扭曲在她的脸上。

她看到我后尴尬一笑，问："你还在念书吗？"

我说："在念，你还好吗？"

她说："还好，嫁给张大庆了。"

我惊得眼珠子差点儿掉出来，问她："为什么？你脸上这道疤是怎么回事儿？"

她说："自己划的，没有这张脸，就少去了很多麻烦。"

"林林，你太傻了，就算你毁了自己，你也没有必要嫁给张大庆啊。"我胸口一阵疼痛。

"你看过《武林外传》没？郭芙蓉不小心把辣椒当作洗面奶用，结果整张脸都红了，她哭着说嫁不出去了，吕秀才就对她说，你嫁给我吧，我记得你漂亮的样子。张大庆就是这样对我说的。"

我点点头，下车前，从包里的一个笔记本里翻出来一张小字条，塞到林林手里。隔着车窗，我看到林林的半张脸贴在玻璃上，眼睛上挂着眼泪，朝着我挥手。

林林从我的生活中消失过很多次，却好像从来没有向我挥手作别。

大四那年的暑假，我在家睡觉。突然听到有警车在村子里狂叫，我妈拍拍我说："你同学林林家出事儿了。"

我脑子里轰隆一声，穿着睡衣一路狂奔到林林家，看到张大庆被警察铐住押进警车。我挤开熙熙攘攘看热闹的人群冲到屋子里。

林林安静地坐在一张饭桌前抽着烟，怀里抱着一个刚出生不久的孩子，她看到我后冲我一笑，说："我把张大庆这些年犯下的事儿统统都收集了证据，还专门咨询了律师。他告诉我，重伤害、偷盗、私藏枪支、诈骗这些乱七八糟的事儿加起来够判他在里边待一辈子了。"

说完，林林掀起衣服，把乳头塞进了怀中婴儿的嘴里。她吐了一个大大的烟圈，顺手扯下了一根长长的白发，一口气，吹出了窗外。

无声家暴

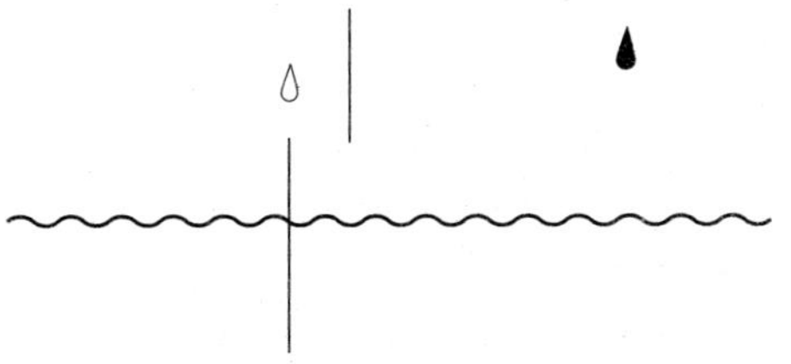

我跟曲晓丽之所以认识，是因为我从立水桥地铁站出来的时候，刚好打到了她的黑车。

当时我一出地铁就被一堆喊活儿的黑车司机围住了，一群五大三粗的大老爷们儿对我拉拉扯扯互不相让。不远处我看到一个穿着时髦身材火辣的姑娘倚靠在一辆黑色宝来车边抽烟，像一个正在看着自家姑娘被嫖客们争抢的老鸨一样，一脸的狠毒与冷漠。

正在我讨价还价的空当儿，她把烟头往地上一扔，在火星明灭中冲了上来，将我生生拖进她的车里，当仁不让地表示，我这个“活儿”归她。

1.

曲晓丽的车开得真不咋地，而且她在开车的时候一直抽烟，一弹烟灰就是一个急刹，一看见大车就一挡爬行，吓得我在不到三公里的路途中，紧张得两腿夹紧，面色蜡黄。

“前边再怎么走？”从菜市场挤出来，穿过天通苑西门后等红绿灯，曲晓丽把烟头往窗外一扔，言语冷漠地问我。

“穿过武工队，再穿过一片茂密的黑森林，到头，右拐就到了。”

“卧槽，那不是文若家园吗？”

“嗯，是啊，怎么了？”

“你怎么跟我住一个小区啊。”

“……我一直住这儿。”

“真是缘分。那正好，拉完你这个活儿我就歇了，饿死我了，去小区附近大排档撸串去，一块儿吧？”曲晓丽一听我们住一个小区，话一下多了起来，还殷勤地给我递了支烟。

“谢谢，我不抽。今儿太累了，我刚加完班，啥也不想吃，就想直接回去一头栽在床上睡他个自然醒。”我摆摆手，准备下车。

“晚上不吃饭咋行，这个点不吃，肚子能咕噜到天亮。走吧，姐请你。”曲晓丽把车窗摇下来，脑袋微微探过来，月色下眼影斑驳，一双大眼睛闪着攫取而渴望的光。

我正犹豫着，曲晓丽一脚油门踹了下去，告诉我待在原地不要动，她马上过来。等曲晓丽从车库的方向朝着我袅袅走来的时候，我才发现她前凸后翘的身材真是愈发绝色倾国。我想我要是个男的，指定那一刻会裆下生风，想着五花八门的坏主意，一定要给她办了。

“看吗呢？你这姑娘看上去文静，实际上肯定一肚子坏水。”曲晓丽扯了扯低V领，手伸进内衣里十分自然地拢了一下文胸的胸形，抬起头来冲我坏坏一笑。

我们在大排档点了满满一桌的肉串和大腰子，这期间我曾试图点几串青菜和大蒜解解腻，曲晓丽却坚决不答应，一口灌下去一杯扎啤，嚷嚷着说：“有血性的妞都必须吃荤，留着那些青菜叶子给清纯婊吃去，咱不能碰那些。”

酒过三巡之后，曲晓丽的脚下一地烟头。透过层层烟雾，她歪着脑袋问我：“你干啥工作的？”

我说：“文案策划。”

曲晓丽摆摆手说：“我没什么文化，你说了我也不懂，你猜我干吗的？”

“黑车司机。”

“瞧不起谁啊你！这黑车是我老公的，他回老家办事儿去了，今天我休班，就帮他跑几单。”

“那你干吗的？”

曲晓丽轻蔑一笑，抓过桌子上的珍珠鱼皮小手包，从里边抽出来一张名片嚣张地往我眼前一拍。

我低头一看，顿时脸色大变，故作镇定地说：“你以前叫这个‘小’吗？”

曲晓丽大笑起来：“瞅瞅你这反应，别瞧不起我这工作，以前我可是我们夜总会的头牌，一晚上光陪酒能挣五六千，现在可好了，在服装城喊破喉咙，一个月才挣五六千，还不够买件衣裳的。”

“那你现在……”看得出来，曲晓丽对以前的事依然心驰神往。

“从良了。”曲晓丽用食指拢了拢刘海儿，搓了搓眼角，歪着脑袋一声叹息。

我跟曲晓丽第一次见面，她就迫不及待地向我展示她曾风流于江湖间的昔日风采，指尖划过丝袜的一瞬间，我仿佛看到了一代名妓不甘老去的惋惜与落寞。

月光下，曲晓丽曲颈向天，一脸惆怅，修长脖子上的斑斑抓痕泛着红光。

她指着这道抓痕，说要告诉我一个天大的秘密，而且我必须要为这个秘密付出一些适当的代价。

我一再推辞，表示对这个秘密并不感兴趣，也必然不能给她一些像样的代价，但曲晓丽像聋了一样，下定决心要把这个秘密捅给我。

2.

这顿饭，曲晓丽向我直截了当地传递了两个核心内容：一、她之前是一代名媛，但为了老公她放弃了大好前程，如今贫贱夫妻百事哀，这日子过得让她十分感伤，她亲手调教的那些姐妹竟然聚会也不喊她了，这群人显然已经瞧不起她的穷酸样了；二、婚前她以为找到一生挚爱，但婚后就发现老公十分坏，经常家暴，如果我不信，就看这道抓痕，这就是她所谓的秘密。她老公还对她一百个不放心，每天跟看贼一样看着她。女怕嫁错郎，所以她后悔了。

深夜一点，我搀着她往回走。曲晓丽在一条石子路上一脚踏空，索性一屁股坐在地上号啕大哭，引起了周边的一片狗吠，还莫名其妙地跟路过的一个醉汉撕了起来，劈头盖脸骂人家死变态。醉汉出奇地冷静，粗犷地亲了亲她的额头，又在一边撒了一泡野尿后，晃晃悠悠地消失在夜色中。

曲晓丽不甘心，非要追着打他，骂骂咧咧地说这日子没法过了，开始骂我婊子无情，气得我把小区大门一关。她突然就傻住了，隔着栅栏，她一下瘫软在地，转而对我苦苦哀求，求我把门打开，她说再也不敢了。

站在她自己家楼下的时候，曲晓丽死活不肯进去，哭着喊着要睡到我家去，我说："我家里有男人。"

她说："我不管啊，我要连你男人一块睡了。"说着就沿着领口一把撕烂了身上那件深V长裙，半个肩膀裸露在月光里突突地发抖，像一只孤独的兔子。

早上五点多，手机铃声大作，我从客厅的沙发上惊坐而起，一骨碌又昏睡了过去。不出三秒，铃声又开始叫，睡在我卧室里的曲晓丽昏睡如猪，恐怕完全不能指望她能醒来把手机按掉。

我迷迷瞪瞪地晃进卧室，曲晓丽的半张脸正好压在手机屏幕上，就这么夸张的近距离，曲晓丽竟然能做到双耳失聪。

我刚要把来电按掉，通话界面突然消失了，手机满屏都是短消息：“晓丽，你在哪儿啊？不是说好到达口7碰头吗？”“老婆，你不会是睡过头了吧，大夫给你找到了。”

我皱了一下眉头，刚要把手机塞回她枕边，电话再一次打了进来。我犹豫了三秒，按下接听键，看了一眼四仰八叉的曲晓丽——她像一只荒野中摔残的大雁般，整个身体裸露在外边，生生压制了半床被子。我哭笑不得地反手带上了卧室的门。

3.

电话那头“喂”了一声，听到我的声音后，显然有些失落。他得知自己媳妇睡在了刚认识不超过十二小时的小区邻居家后，听上去既惶恐又尴尬。他说：“那我打车回去吧，晓丽嫌打车费贵，机场到家得两百多，坚持说要来接我，结果她喝成这样。哎，对了，我叫魏谦，是曲晓丽的老公，谢谢你啊，谢谢你收留我老婆。”

上午七点多，魏谦敲开了我的家门。开门的一瞬间，他定定地看了我一眼，脸红到脖子，一个淡绿的衬衫坚挺地穿在他身上。

看上去毫无戾气，更看不出丝毫变态的迹象，真怀疑曲晓丽口口声声的家暴到底哪儿来的。

他一脸慌乱地朝着我屋子扫了一眼，钻进我的卧室，一把扛起了曲晓丽，经过客厅与我四目相对时，曲晓丽像一条被俘虏的蠕虫一样在他肩膀上忙着弯来弯去。

他想要再次道歉，曲晓丽却一脚踹到了我家电视墙上的放映按钮，该死的欧美大片十分应景地展示着男欢女爱的快乐……

魏谦一下子愣住了。他缓缓地扭过头看了我一眼，脸红得像是一个刚被破处的童子男，他翕动着嘴唇巧妙地咽了下口水，发现我并没有要解释一下的意思后，急忙按下曲晓丽的头，连连道谢，夺门而去。

二十四小时之前，公司接到了一个避孕套的案子，安排我做文案主笔，客户定位是欧美男人，像我这种每次做文案之前都要进行大量调查研究与数据分析的职业策划人，自然不能靠意淫来进行头脑风暴，于是我特意在一个小摊前斗智斗勇了两个小时，买到了一张据说回头率最高的大片。

其实这件事本来可以在我男朋友身上实现一下，正好可以省掉一张光盘钱。但不幸的是，一星期前我男朋友突然跑掉了，毫无征兆。他说自己有点恐婚，所以想去广西待一段时间，他想在梦想开始的地方静一静再做决定。

很多人会对自己读大学的城市有种格外亲切的情感，这个我可以理解，以至于他几乎每个月都会往广西跑一趟时，我都会对这种情愫保有怜悯之情。

以前有读者问我恐婚这档子事儿的时候，我会十分硬气地告诉她们，他恐的不是婚，而是你。

现如今我大概是遭了报应，但是如果谁要告诉我他移情别恋了，我肯定是不信的。

那会是什么原因让他临阵逃跑了？

我想自责，还想挽回，但是找不到任何突破口，这让我格外头疼。

我痛彻心扉地哭了两天，望着床头柜上堆积如山的请帖，不知道接下来要怎么去面对一个星期之后的婚礼。

第三天老板就打电话给我说，再不上班就滚蛋。我想了想，不能失去了男人又丢了工作，于是我洗了个澡，把他的东西打了个包捐给了灾区，将他笑得最灿烂的照片洗了一张黑白版，去小区里偷摘了五颜六色的花回来给他供上，从垃圾桶里捡回了烂掉的橘子给他摆上，每天早晚各一次，拜一拜他，过起了云淡风轻而没有性生活的奇妙日子。

没想到还挺滋润。

之后的二十四小时里，我向曲晓丽撒了谎，说自己家里有男人，而曲晓丽喝得那么多，自然不关心我这些伦常防线，于是我没时间退盘，我更没想到曲晓丽喝醉了脚还这么贱，于是我深感自己平日里温文尔雅的体面形象将很快不保。

我越想越忧伤。

事实证明，陌生人绝对不能往家带。

三个星期内，我跟这对夫妻没有什么瓜葛。

只是有一天半夜，曲晓丽一身是血地跑到我家来，她让我去看看。我不知道她到底让我去看什么，况且她这一身血就已经吓得我魂飞魄散。曲晓丽跪地求我，说魏谦被人打了，她恳求我能开着我的车把他送到医院。

后边还哭哭啼啼地说了些什么我都没听见，只是在奇怪，曲晓丽是怎么知道我有车的呢?

4.

我赶到事发现场的时候，魏谦直着身子倚靠在一个油漆剥离的绿色木窗户下，眼眶红肿，满脸是血。他看到我们的时候把头扭到了一边，用一双满是血的手擦了擦眼角，整张脸被越抹越惨。那辆黑色宝来车在院子里呜咽着冒烟，车灯稀碎，半个车前脸凹了进去。

昌平中医院门外，曲晓丽的脚下一地烟头，她把最后一支燃尽的香烟扔向了一条无辜的流浪狗，那条狗冲着她嘶吼，然后夹着尾巴赶紧离开了，曲晓丽问我："你抽烟吗?"

我说："不抽，我们第一次见面的时候你就问过我了。"

她愣了一下，说："哦，我忘了。"

然后她给我讲了整个事情的经过，并向我发出了一个恳求。

由于婚后曲晓丽经常跟魏谦吵打，她自诩是那种嘴巴杀人不见血的女人，魏谦说不过她，就会直接上手。一个耳刮子算是一种温和的商量，一大脚踹下来那就是矛盾有些激化，转身要去厨房，那她就该逃命了。但是两个人每次吵打完毕，魏谦都会跪地求饶，一再对天发誓一定下不为例，如有再犯就砍下自己的双手。曲晓丽认为男人敢拿双手发誓那一定会有用，结果下次动手的时候魏谦就会事先用毛巾堵住曲晓丽的嘴，以免她咒骂他是一个言而无信的王八蛋而影响他出色的发挥。

后来，曲晓丽被打怕了，就偷偷在小区附近的平房公寓区又租了一个房子，以免比武失败后无安身之地。后来魏谦得知她在外边另有住处后，心急火燎地来找她。

本来是想哄她退掉房子跟他回家，结果两人也不知道怎么又吵吵起来了。这一吵吵，把正在搓麻将的隔壁邻居吵恼了，“哐哐”就是一通砸墙警告。

正吵在兴头上的魏谦哪能忍，抄起一条板凳就冲到两院子中间的隔窗去了，“哐哐”反砸了回去。四个壮汉也没惯他毛病，生生把魏谦从窗户拖了过去，往死了一顿嗨揍。其中一个输急眼的汉子照着魏谦的后脑勺就是一下子，魏谦登时就昏了过去，其他几个人兴致盎然地扛着板凳去砸了他的车。

曲晓丽也是见过江湖世面的人，兴冲冲地从窗户这边爬了过去，一个扫堂腿就把自己绊了个狗吃屎，脸蛋都摔出了一个口子，红红的小血泡汩汩地往外冒。

几个大汉没见过如此漂亮又如此笨拙的女人，哭笑不得地盯着她，刚才的江湖杀气瞬间转变成了撩妹画风，甚至有人还要主动上前扶她起来。

一个小时过去了，魏谦依然没有醒来，四个大汉焦灼地商量了一下，吓得跑了，走之前把冰箱里能吃的东西都带走了，破落的平房只剩下了钢筋水泥与在阳光下瑟瑟发抖的浮尘。

曲晓丽没有先报警，而是第一时间找到了我，她说她有个想法需要趁机实现一下。我望着在血泊中奄奄一息的魏谦，又看了一眼平静如水的曲晓丽，暗暗感觉到这个想法一定没啥良心。

魏谦从中医院出来的时候，他头上的纱布缠得格外厚，不然他走路的时候不会看上去像一根倒插在大地上的萝卜。但是魏谦此时并不想跟我讨论他到底是像一根萝卜还是像一个别的什么，他只是拽着我的胳膊，一脸惨白地问我："曲晓丽呢？"

我说："我好像不知道。"

他说："她刚才还跟你在一起呢。"

我叹了口气，扭过头去不看魏谦眼中急出来的眼泪，半天说了句："我送你回家吧，回家我告诉你。"

5.

在魏谦家里，我直言不讳地表示，我协助了曲晓丽的逃窜计划，估计这会儿她已经在去往广西的飞机上了。尽管这件事看上去跟我没啥关系，但是我是一个典型的女性主义者，极其激烈地反对家暴。

魏谦扶着脑袋，皱着眉头，身体晃动了一下，一个踉跄摔倒在沙发上："家暴？什么家暴？"

"你要不是经常打她，她能总是想跑路吗？再说了，女人是能看得住的吗？"

魏谦愣愣地看了我一眼，突然狂笑起来，吓得我毛骨悚然。我怕他疯起来把气都撒到我头上，赶紧说晚上家里有客人要离开。

看到他完全没有起身阻拦的意思，我抓紧时间往外走，走到门口的时候，一个声音突然拽住了我："不想知道曲晓丽为什么选中你吗？"

手边的门重重地被关上了，我僵硬着半个身子缓缓地回过头来："你什么意思？什么选中我？"

曲晓丽有一个孪生姐姐，叫曲小丽，是真正的夜总会头牌，后来在一次陪酒中跟顾客起了争执，客人一酒瓶子打到她头上，脑袋开了花，脸上也进了玻璃碴子，一只眼睛还伤到了黑眼球，总之后来疯了。曲晓丽去过几次疯人院，每次出来的时候都会情绪波动上好几天，做菜会烧煳，做爱时会突然大喊强奸，并将魏谦一脚踹开。

在一个热浪喷薄的清晨，曲晓丽悠悠地告诉魏谦，她的妈妈是精神分裂患者，现在她姐姐疯了，她也快了，她哭着说不想连累他，她想离婚。

魏谦一把将她揽入怀中，告诉她无论发生了什么都不会抛弃她。

让曲晓丽感到烦躁的是，她越是想离婚，魏谦就越是更加细心地看着她，寸步不离地陪着她。

曲晓丽每天早上都会发一次脾气要求离婚，魏谦却像个聋子一样跑进厨房继续去煎蛋做华夫饼。

他觉得自己和晓丽只要感情没出现问题，那他就该永远陪在她身边。

但曲晓丽好像并不这样认为，她看上去一天比一天狂躁，每次都会近乎癫狂地大喊着要离婚。

一个深夜，他看到曲晓丽穿着白灿灿的睡衣突然推门而入，问她去哪了，她悠悠地说，29栋1008户里有一个女人，被强奸了。

29栋1008户？这不是我家吗？卧槽。

我一下呆坐在地上，喃喃地说："她说我被强奸了？"

"对，她说她想营救你。"

"我没有啊，是我叫床时声音太大吗？……这就是她主动接近我的原因？"

"对，她每天会趴在窗户上观察你的上下班活动轨迹，然后用这个小本本记录下来。"魏谦把一个卷成筒状的本子从床边抓了起来扔给了我。

一小时之前，曲晓丽回家收拾了东西。她之前也有过一次逃窜的机会，但是魏谦回老家的时候带走了她的身份证，所以她哪儿也去不了，而这次，她从昏倒的魏谦身上摸到了身份证。这种危险的活动她之前也进行过一两次，但是魏谦睡觉十分警觉，一碰就醒，她的屡次失败让魏谦更是百倍警觉，这让她谋划逃离的计划倍加艰辛。

“她是真得了病吗？”我缓缓地从地上爬起来。

“我上网查过资料，她应该是得了被害妄想症，她不但怀疑我会害她，还会怀疑很多人在受害。不管别人跟她有没有关系，她都会强烈地想上去主持正义，这让我更担心她的病情。她经常跑去你家，趴在你家防盗门上静静地听你……你们的动静，我觉得她病得越来越严重了，所以跑回老家给她找了个据说很神的大夫。她最近制定了两条计划，一个是跟我离婚，摆脱我的‘魔爪’；一个是把你救出来。但是我不明白她为什么只是自己跑了，而放弃了救你……”魏谦苦笑一声，手边的旧相框一下翻落在地。

我瞥了一眼，伸手帮他捡了起来。木框裂开了一道小缝隙，我摁了一下，突然注意到这张大学毕业合照中有一张熟悉的脸，低一层梯队里站着曲晓丽，她笑靥如花，看上去满足又喜悦。

毕业照的上方，是广西某大学，红底白字，辣眼睛。

我两腿一软，一个踉跄摔在了木门的把手边，颤颤巍巍地问魏谦："她一直都把这张照片放在床头吗？"

"嗯，结婚后一直摆在床头。我也觉得很奇怪，一张毕业合影，她却视如珍宝。"

我脑子轰隆一声，像是谁冲着我脑芯给了我重重一锤似的，窗外的阳光像箭一样射在我脸上。

魏谦晃了晃我，问我："你怎么了？"

我强撑着站起来，惨白着脸说："没……没什么，我家里也有一张一模一样的照片，它也一直被摆在床头。"

消失的遗产

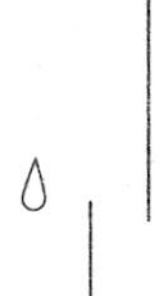

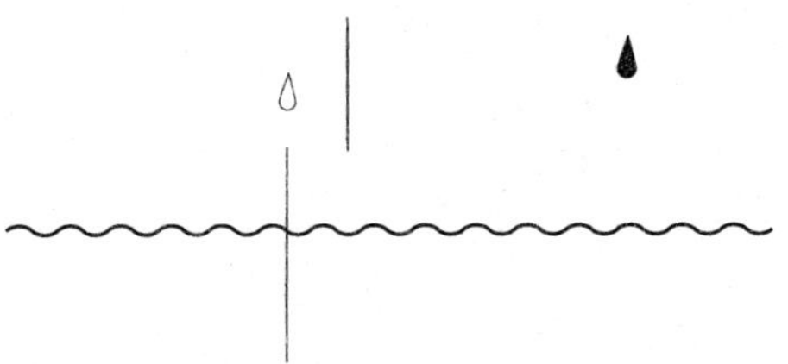

周六爷是我见过的第一个混血儿，身高一米九，鼻梁很高，老远看上去像一株东张西望的高粱。

周六爷不管走到哪里都背着双手，身后始终跟着一条掉毛的土狗，但凡周六爷碰上看不惯的人和事，就往地上吐一口痰，指着人鼻子，上去主持正义。

村子里没有几个人喜欢周六爷，但是没有几个人敢跟他叫板。

据说主要原因是，周六爷太有钱。

大家都说，周六爷的财力大过十个乡镇企业家，至于一个游手好闲的遛狗老头儿为何会这么有钱，没有一个人能说得清楚。

1.

“六爷，你眼珠子为啥跟我们长得都不一样?”六岁时，孤僻的四叔带我去乳山农村里看他养的奶牛。我第一次看到了蓝眼睛的六爷，他正在阳光下眯着眼睛，陪同他的狗“妞妞”观看草垛旁一对狼狗肆无忌惮的交配。

“我是外国人。”

周六爷坐在我四叔家的屋檐下瞥了我一眼，脖子抻得很长，看上去有些替那只公狼狗着急。他的妞妞最近来了大姨妈，六爷觉得是时候让妞妞了解一些成年狗之间的事儿了，于是带着妞妞跑到我四叔家里来看大狼狗表演教程。

妞妞头顶上的一撮白毛被摸得眼看就要谢顶了，它撅了一下屁股，端坐在周六爷身边。夕阳横亘在虾塘边，从左到右染红了我们排排坐的三张脸。

“外国人都说外国话，可六爷你说的是胶东话。”虽然我只有六岁，但是已经颇有见识，在幼儿园小兔崽子们勉强能说上一句yes的时候，我已经能够熟练运用love。

“我爹是英国人，我妈是韩国人，他们出来玩一失手生了我，这事儿我也解释不清楚，反正我没见过他们。”

“那六爷，你既然是一个孤儿，你为什么会很有钱?”

我四叔是周六爷唯一的朋友，坐大客车进村的时候，四叔为了让我相信我正要前往的地方值得我耗费一整个暑假，就喋喋不休地给我讲了一路周六爷的故事。四叔还告诉我周六爷有钱这事儿千真万确，这让从小就爱钱的我瞬间来了精神。我们的大巴车把介石村的红霞切成了两半。

“我的账户上每半年都会定期存入一大笔钱，是英镑。我一年进两次城，外国的钱不能直接到个人账户上，得先进咱国家的银行，然后我再带上身份证去银行国际业务部入账，再去柜台兑换成人民币，一部分存下来，一部分取出来花。”

虽然周六爷说的“英镑”我不知道是什么，但是一说人民币，就算换一万种说法我都知道是啥。

“那六爷，钱是你的外国爹娘给的吗？”

“是律师寄来的。爹妈去世之前，找了个给他们管遗产的律师，隔三岔五地就给我打钱。不一次性给我，兴许是害怕我变成一个花钱大手大脚的败家子吧。”

“六爷，那你有这么多钱，为啥不再找个老伴儿？整天跟狗过，看上去怪可怜。我四叔至少有六头母牛，可你却只有一只老母狗。”

周六爷一听“老伴儿”一词也不知道哪儿来的火气，当即像是被点着的炮仗一样“腾”地站了起来，跳着脚把手中的半个烟屁股扔向两只正在忙着呼天抢地的狗，吓得它们朝着我们叫了两声后，一前一后奔跑着换到另一个战场去了。

周六爷其实有喜欢的女人。

2.

周六爷高大英俊，眼珠子发蓝，村子里主动给他提亲的老娘儿们多如牛毛，但是周六爷却自作主张地娶了一个疯女人。

疯女人起初也并不疯，只是话少爱傻笑，但是蒸馒头的手艺无人能敌，周六爷就喜欢这样不麻烦的女人。

娶过门后，两个人生下两男两女，个个健康有能耐。就在小日子过得羡煞旁人的时候，疯女人突然发病了。

那个时候，村里的小孩最喜欢做的一件事儿就是在烈日当头的正午去周六爷家墙根贴耳静听。

小兔崽子们都摸清了疯女人的发病时间，每当他们齐聚在墙根下时，疯女人就开始唱自己编的歌，唱大白馒头，唱苦风凄雨，唱她的爹娘心狠手辣，总之是五六不着。周六爷却像一个聋子一样，午睡的呼噜声打得震山响，跟疯女人的歌声琴瑟和鸣。

村子里的小孩儿们在墙根底下听得“咯咯”笑，成群结队地把当天疯女人的最新表现绘声绘色地传播到村子里的每一个角落。

就在周六爷六十岁大寿那天，疯女人不疯了，疯女人死了。

据说是因为她脑子里长了取不得的瘤子，周六爷带她去了北京最好的医院，也没人敢开这个颅。大夫们都告诉他，不开还能多活两年，开了死得更快。

葬礼调用了全村所有的神婆子，每个人超度亡灵的时候都特别卖力。周六爷给他们的出场费是别家的三倍，神婆子们像跳大神一样手拉手绕着整个村子锣鼓喧天地举行了安葬仪式。很多平常连句话都没说过的村民也黑压压地挤了过来，大家哭得都比周六爷还伤心，因为别人办白事都是得给死者家属安慰钱的，周六爷家办白事是谁来哭两嗓子都给发钱。

周六爷站在墓碑前一直抽烟，四个儿女跪在坟前“娘啊娘啊你死得好惨啊”哭了好半天。日落西山的时候有一只乌鸦落在了坟头，周六爷气得差点儿把这辈子的口水都吐完了。这只乌鸦神情恍惚地扑闪了一下翅膀，绕着他的四个儿女盘旋三圈，“啊啊啊”了三声，消失在暮色里。

疯女人死后的一年里，周六爷每天都来我四叔的牛奶亭凉棚下坐着，任谁来拿奶跟他打招呼他都爱答不理，一个人一坐就是半天。

我四叔忙乎完后会给六爷泡壶茶，两个人喝茶的时候也不说话，周六爷的烟头扔了一地，临走前还会往地上吐一口浓痰。每次我四婶打扫卫生的时候都骂骂咧咧，强烈要求我四叔跟周六爷抓紧绝交，“这死老头子又脏又古怪，走哪儿都不招人待见。”

我四叔只是“嘿嘿”一笑，等下次周六爷再来，他们还会一左一右在门口的条纹破沙发上坐上大半天，一个抽烟，一个喝茶，一起望着周六爷不远处的家，斥责妞妞在第二个发情期里轮番跟好几条雄壮的公狗交配后依然没生下一儿半女。

疯女人死后的第二个年头，村里的媒婆掐着日子闻风而动，开始互相交换手头资源，为周六爷续弦。

周六爷看上了村子里的一个外来户——四十二岁的宁波女人春辉，是个寡妇。她正好比周六爷小二十岁，皮肤白得也像个外国人，耳朵上戴着金灿灿的大耳环，嘴唇涂得像是吃了死孩儿肉。

村里人都说周六爷是被这个浪娘儿们狐媚住了，因为很多男人走到春辉家门口的时候都挪不动腿。村里很多女人早就想给她撵走了，周六爷却不顾风言风语，光明正大地说自己就相中她了。

正当周六爷准备娶春辉进门的时候，周六爷的四个儿女突然轮番跑回了家，再也不嫌弃周六爷屋里有个“怪味”了。

这四个儿女嘴上说，之所以回来是因为不放心周六爷一个人过，但是村里人都知道，他们这帮平常一年不回一趟家的儿女们暗地里打的是什么算盘。

这事儿周六爷比谁都清楚，但是周六爷觉得反正自己也老来无事，与儿女斗，也其乐无穷。

3.

一个午后，周六爷带着妞妞来找我四叔，我在后院里光着脚丫子晒玉米。周六爷看上去心事重重，但是穿戴却出奇地干净整齐，头发油光可鉴，连妞妞脖子上都扎上了二尺红头绳。

“老四，一会儿如果我家儿媳妇来你家找我，就说我在你这儿睡午觉。”周六爷急吼吼地说完，就要从后门溜走，“你给我留在你四哥这儿，你在这儿，更能显得我在!”周六爷突然转身喝令妞妞留步，并挥动了手中的拐杖吓唬了妞妞。

“放心，你去吧。”四叔从屋里探出半个脑袋，朝着妞妞挥舞着手中的一把小虾米，妞妞扭捏地看了一眼周六爷，又看了一眼我四叔之后，毅然选择了眼前的苟且，任由周六爷偷偷摸摸地去寻找诗与远方。

“四叔，六爷这是偷人去吗？”我跺了跺脚，试图甩掉脚上那些烦人的玉米粒。

“看你这丫头说的，六爷是去约会。他家儿女不愿意他再娶，怕他一时沉迷女色就把遗产都给了新老伴儿。”

“那六爷喜欢这女人，把钱都给她也是应该的。他家这些孩子也没见有谁陪着周六爷的，活该周六爷啥也不想留给他们。”

“嘘——你小点声儿，人家的家务事，轮不到你个外人小丫头片子在这嚼舌头，一会儿他家媳妇儿来了，你知道该咋说吧？”

“六爷说让你说，又不是让我。”我噘着嘴，深知我四叔又要把见不得人的事儿谦让给我做。

“四叔一说谎就脸红，不然也不至于活得这么窝囊……”

我刚要还嘴，就听见一个女人的声音穿墙破路地硬生生朝着我家传过来。我赶紧穿上鞋子，在院子里快速走了两圈，选定了一把看上去能够让我平静下来的藤椅坐了下来，两只脚跷在半空中。我感觉我快要吓尿了，我害怕周六爷的儿媳妇是一个母夜叉。

门“吱嘎”开了，篱笆旁正在啄食的母鸡吓得跳了起来，矮墩墩的小身体一下摔了一个屁股蹲儿。一张面色桃红的脸探了进来，看到歪倒的母鸡先是一惊，之后就像个母鸡一样“咯咯咯”地笑了起来。

笑了好半天才缓了口气，瞟了一眼窗户，然后对着我说：“四叔，我来叫我公公回家吃饭。”

“我不是你四叔。”我从藤椅上坐直了身子，一脸严肃地纠正了她认错人的事实，还默默希望她认为我是一个很酷的女孩。

“你这孩子还真逗……四叔……四叔……”她不屑地瞥了我一眼，挺着大胸脯就要往屋里钻。显然她并不觉得我酷，反而觉得我是一个脑子有病的小丫头。

“你站住！周六爷在我家吃过了，老爷子困了好不容易才睡下，你在这儿咋咋呼呼的像什么话！”我从藤椅上跳了下来，差点儿摔烂嘴巴，但我实在有些担心我四叔会说秃噜嘴，所以发挥了我演啥像啥的天赋。

女人显然是被我吓住了。我正要洋洋得意地进一步让她滚蛋，她突然拿着鞋底就要撵着打我屁股。这女人的套路让我猝不及防，我吓得满院子跑，眼看就要被追上，吓得我眼泪就要掉下来的时候，妞妞突然从屋里跑了出来，加入了我们的追逐游戏。女人一下子停了下来。

女人不甘心地往屋里看了一眼，又瞅妞妞一眼，突然又“咯咯咯”地笑了起来，说：“这个傻狗谢顶谢得比我家老爷子都厉害，真是什么人养什么狗。”

我四叔一听这话就要出来，正要用他一句话都说不利索的大舌头伸张正义，妞妞突然歪着脑袋冲着女人狂吠不止，女人的笑声停了下来，又假装镇定地骂了两句，朝着屋里万般柔情地又喊了一嗓子：“爹，你睡好了就早点回家啊，外边的狐狸精可是咬人。”

说完就扭动着肥屁股推门而出。妞妞一下安静了下来，茫然地看着女人渐行渐远的背影，呜咽了一声，撅起腚来，正对着大木门拉了一坨屎。

4.

傍晚六点，周六爷从我四叔家的后门溜了进来，满脸红光焕发，看样子六爷偷人偷得很愉快。

周六爷胡乱询问了两句后，气定神闲地躺在了我刚才躺过的那把藤椅上。妞妞飞奔着跑过来，拿屁眼疯狂地蹭着六爷的粗布鞋。我看着恶心，但也并不打算多嘴。

“六爷，家里这摊子事儿你老是偷偷摸摸也不是个办法啊，人家女方能同意吗？”四叔忙乎完后招呼我进去写作业，我假模假样地进了卧室，开着窗户缝偷听着他们说话，完全不去理会幼儿园并没有布置任何作业的事实。

“这帮孙子天天打听我到底存了多少钱，说怕我老糊涂了将来把遗产都留给外人。谁是外人，我自己的女人，凭什么要叫她外人？一个个眼里光有钱，没有义。他们一个个离得我那么远，有个病有个灾的从来就指望不上谁……”周六爷的二郎腿晃动的节奏突然有些凌乱，听到我四叔跟他讨论找老伴儿的事儿，气得立马咳了起来。

“他们毕竟是你的孩子……”

“我的孩子？他妈死前，他们都离得远远的，唯恐发起病来抓伤他们。他妈走了，在他妈坟前哭两声就是好孩子了？我一个老头子每天就知道热馒头吃罐头，他们谁能给我做顿热乎菜了？就知道骗我密码。我把密码告诉他们，才是真的老糊涂了呢！”

“春辉那女人太过妖艳，她能愿意跟你这么个大自己二十多岁的老头？是不是图钱你也得多考虑一下。”

“人活着不就是得让别人图咱点啥吗，不然嫁过来图跟我喝西北风啊？”

“也不是那意思，反正没个自己放心的人，走了身后钱都是个难事儿。”

“我一分钱也不会留给这帮孙子。前几天轮流去春辉那儿要挟人家，骂人家图谋不轨，骂人家老妖精。他们要是真为我好，这种事儿还用外人来上门提？他们就是巴望着我一个人在家老死，然后把我的钱一分四份，埋都顾不上埋我。”

“六爷，人老了就是会变糊涂。你趁着现在明白自己的心意，还是得早做打算。”

周六爷叹了口气，眼窝乌青地叼着烟斗站了起来，说：“忙吧，我走了。”

5.

周六爷在七十岁那年已经下不来床了，他拉在床上，尿在床上，吃饭需要人喂，情绪不好的时候就朝人脸上吐痰。

家里的儿女不堪其辱，雇了一个奇丑无比的保姆伺候他早死早托生，即便如此，保姆的衣着也不允许一低头就能露出乳沟来。

这期间四叔一共去过周六爷家三次，每次去的时候周六爷的儿女们都阴阳怪气，红木桌子上的灰尘三尺高。

四叔看着周六爷躺在床上只剩下翻眼珠子的气息，上去给周六爷点了支烟，却被周六爷的大儿子一把抢下来。

“抽什么抽，抽完就知道吐痰，吐得屋里都是臭味，还不是得等着别人来打扫!”

周六爷气得手指抽搐，支棱着骨瘦如柴的身子就要伸手打人。四叔伸手把六爷的手一把握住，两行浊泪落在了六爷阵阵跳动的青筋上。周六爷脑袋一歪，嘴巴里挤出来仨字：“回去吧。”

春辉曾经上门找过一次六爷，但被周六爷的四个儿女齐心协力地打了出去，眼角都被打裂了，还说周六爷能有今天，就是中了她这个老狐狸精的毒，警告她以后再也别打他家家产的主意。

一个漫天大雾的清晨，春辉穿着一身格子套装整整齐齐地站在了我四叔家的大门外。几只母鸡正在练习狂热奔跑，那只下蛋最不积极的笨母鸡一头撞在了我四叔脚上，四叔叫嚣着一脚把它踢开。他一脸尴尬地抬起头来朝着春辉挥手，示意她进屋说。

春辉红了脸，半个身子往前探了探，四下张望了下，确定我的母夜叉四婶不在家后，才放心地把剩下的半个身子也挪了进来。

春辉耷拉着脑袋，右肩膀上挂着一个蓝色碎花包袱，眼眶发红，支支吾吾地说："我就在院子里说吧，说完就走。这个红糖馒头是老周最爱吃的，他每次偷偷跑到我那儿去，什么咸菜都不用就着，一口气能吃四个。他现在出不了门，听去看过他的人说，他床头的馒头经常比石头还硬……这两天老是做梦梦见他，老周说他快走了，想再吃口红糖馒头……天一亮我就蒸了一锅，你能不能给他……"

四叔答应下来，正要送春辉出门，木板门却悄悄被推开了，四叔吓得差点儿尿了一裤裆，却发现是妞妞挤了进来。

妞妞那天的皮毛如月光一样皎洁，眼睛里像是被谁种下了一汪泉眼，不停地汩汩往外渗着晶莹，焦虑地在四叔的院子里来回走动。

当天晚上，四叔带着红糖馒头去了周六爷家。那时的周六爷已经糊涂到不认人了，但是周六爷还是咬着牙没把密码说出来，所以大儿子就让四叔滚，但是周六爷好像在屋里听到了动静，像狼一样在屋里发出一阵阵"呜呜呜"的怪叫。大儿子一愣，一猛子扎进屋里，从上衣口袋里掏出笔来放到周六爷手里，说："爹，这些东西你死了带不走，你写了，就让你最好的朋友进来送送你。"

所以，那天没有人再拦着四叔。

第二天，周六爷就被下葬了，他送走别人的时候锣鼓喧天，被别人送走的时候却只能听到一条狗在冷风中呜咽。

“后来呢？”我坐在四叔的院子里望着那扇吱嘎摇晃的老木门问。

“后来你四叔说，老周眼睛已经看不清人和物了，但他闻到红糖馒头的香味了，眼角往外淌眼泪，哭着哭着人就凉了。他大儿子这会儿带着老周的卡回来了，拿着卡就往老周身上砸，骂他老不死的。你四叔一把把他推开，说，‘已经老死了。’”

“是给了错密码吗？”

“是卡里没有钱。”

“那都说六爷有钱这事儿是假的了？那六爷自己也撒了谎吗？”

“我不知道。”春辉微微一笑，从那张老藤椅上站了起来，眼角皱纹的脉络像一棵老去的常春藤。

迎着一缕春光，春辉手指上戴着一个好粗的金戒指，学着周六爷的样子点燃了一支烟，还往地上吐了一口痰。她颤颤巍巍地推开了老木门，拄着拐杖钻进了一辆火焰般的敞篷跑车里，回头朝我挥手的时候，两鬓的白发都在泛着红光。

那是我最后一次去乳山四叔家，也是我最后一次见到春辉。

铃铛与月娘

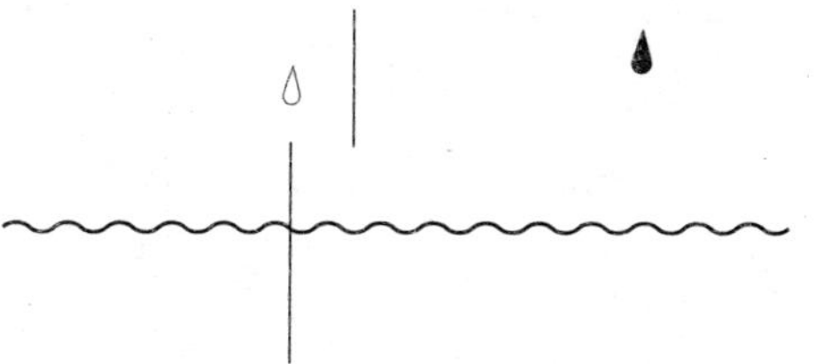

赵铃铛瘦小的身子颤了一下，歪着脑袋叹了口气，脚下粘上了一层狗屎，裤管儿荡来荡去。

我鼻头一酸，一把将她拽了下来。她惊慌地看了我一会儿，一把抱住我，哭着说："月娘，我想你。"

1.

赵铃铛生在隔壁赵奶奶家，那一年赵奶奶六十二岁，突然有一天一推小木门抱出来一个吱哇乱叫的女娃娃，眼角笑纹万马奔腾，非说自己老来得子，可喜可贺。

村里人都说，这显然不可信。

主要原因是赵奶奶已绝育。

手术是我妈亲自给做的。我妈既是一个心狠手辣的妇科大夫，又是一个两面三刀的大队妇女主任，整天拿着一个装满避孕套的公文包骗"超生游击队"说这玩意儿先进又科学。即便我妈医术不精，让勤勉向上的赵奶奶偷偷得以枯木逢春梅开二度，那赵奶奶也不可能自个儿雌雄同体生下了赵铃铛。

赵奶奶的贞烈在十里八村都是出了名的，自从她二十九岁丧夫，村里的闲散妇女就嗑着瓜子闪烁其词地说有个年龄相当的猛男如何与她般配。赵奶奶一马扎就给说媒人砸得脑瓜子开了瓢，骂骂咧咧地说："我春梅生是赵家的人，死是赵家的鬼。"

所以要是说赵奶奶偷了人，那也有些说不通，除非赵奶奶变态，偏要等到人老珠黄了再偷人。

赵奶奶每年都会剪葡萄架上的葡萄送给我吃，还要经常关心我的学习成绩，所以我不太相信像赵奶奶这样的好人会是变态。

总之，赵铃铛就这么不明不白地来到了我们村。村主任暗地里派我妈携几名好事儿的长嘴婆去查到底是谁让赵奶奶怀了孕，但是直到赵铃铛能朝着村主任家玻璃窗上扔石头了，他们也没查到丁点儿线索。

村委会成员在村头小学开会，商讨赵铃铛落户本村的合理性。

村主任说："咱们村是风水宝地，过不了几年可就要拆迁了，寸土寸金，绝对不能让一个来路不明的野孩子占了便宜，一个人头至少能占了三十个平方去。"阐述完利害关系后，村主任让大家投票决定是否要给赵铃铛落户。

我和赵铃铛趴在虞河旁抻着脑袋数了数，赵铃铛竟然只收到了一票否决权。

赵铃铛哈哈大笑，说："只有村主任这个垃圾不同意没有用，我生是村里人，死是村里鬼，我永远要跟月娘在一起。"

月娘是赵铃铛给我起的名字。

我跟赵铃铛是同一天出生的，按照接生婆的说法是，她先剪掉了我的脐带，转身就去了隔壁赵奶奶家剪了赵铃铛的脐带。

这个说法让全村人都信服，毕竟她掌握着我们村子里一半见不得人的秘密。

赵铃铛感受到整天与一位白发老太太冷眼相对的落寞后，尝试着一歪一歪地探索到了我家后院。当时我正坐在凉席上看月亮，她从容地坐在我旁边。

为了赢得以后继续跟我交往的权利，她连我的名字都没问，就说：“世界上月亮最大，月亮的娘就是最最大，我看你长得像月亮她娘，不如我叫你月娘吧。”

我听完大为欣喜，遂决定收此小妹。

接下来的日子里，赵铃铛拉上我发动了一场成人世界的政治行动。

2.

赵铃铛从生下来就跟我性格迥异，她早就预料到村子里的干部会针对她的户口问题来一次公投，所以她轮流去每个有投票权的干部家的菜园子里拔草、看水管子，还有模有样地挨家挨户送饼子。

“叔，这是我奶烙的韭菜盒子，让我拿来给你尝尝。”

“爷，这是我奶做的玉米团子，让我大娘给评评手艺。”

“……”

后来，公投完了，赵铃铛就成了有鼻子有眼的村里人。她拉着我去大水湾看小男孩洗澡的时候，也不知道从哪儿搞来的贴画，让赵奶奶帮她把村名写在贴画上，她往脑门儿上一按，耀武扬威地把自己是村里合法村民这事儿昭告天下。

至于她为什么不去游说村主任，赵铃铛趴在一口水井上盯着看了半天，抬起头来略显忧郁地对我说：“我觉得你真的是比我好看多了。”看到我正在等她回答，她只好意味深长地说了句，“这里边有事，你还小，说了你也听不懂。”

事实上，接生婆明明是先剪了我的脐带，我才是大姐大。

赵铃铛的童年像是锁在我身上了一样，她从两岁多开始就跟我比谁能走到离家最远的“大海”（其实是一条臭水沟子），却总是没跑出去两步就被我妈左右手各牵一个抓了回去。

每当我家做了好吃的，我就想方设法赶她走；每当她家做了好吃的，她就嗷嗷求我留下来。

事实上，我家也没做过好吃的，我始终不知道我妈这个败家娘儿们是如何把我家搞得这么破落的，我爸每天像一头驴一样给人家拉泔水挣钱，我妈看上去有模有样地天天上班，可是我们家从来没做过一顿排骨。

所以，当第一次在赵铃铛家闻到了排骨清香时，我哈喇子差点儿砸到赵铃铛家的狼狗“牛犊子”身上。

赵铃铛就是这样一个矛盾的人，明明狗是狗，牛是牛，她非要给她家大狼狗起个名字叫“牛犊子”。

那一刻牛犊子正坐在我的脚下，舌头耷拉在锋利的犬齿上，歪着头，像是对骨头大餐的即将到来早已了然。

我故作镇定地玩弄着赵铃铛的毛绒兔玩具，起初我妈在墙根下咳嗽了两声，向我发出了“马上给老娘滚回家”的信号，但是牛犊子举起爪子搭在我胳膊上，像是热诚地挽留我一起吃一样，我大为感动，欲说还休，完全没把我妈的提醒放在眼里。

等赵铃铛和赵奶奶把排骨端上来时，我发现了情况的尴尬，只有两碗。

我假装迷恋上了天边的云，并指着其中一朵说：“铃铛，你瞅，那朵云彩像不像一个空碗？”

赵铃铛作为我多年培养的机敏小妹，马上意会到了这诗情画意中的深意，马上把她的碗往我眼前一推，说：“咱俩吃一个。”

赵奶奶看上去有些尴尬，拢了拢耳边的几根白发，转身抓起长柄大勺子去了厨房，过了好半天，赵奶奶端来了一碗飘着几朵小白肉的排骨汤，说：“这个骨头贵，所以买得少，锅里没有了，要不你喝点汤？”

赵铃铛看了一眼我，又看了一眼赵奶奶，突然腾一下站了起来，飞奔着跑向了厨房。赵奶奶吓了一跳，一转身的工夫，赵铃铛手里抓了一块骨头站在了我和赵奶奶面前，骨头上的油顺着铃铛的手流进了袖子里。

“你为什么对月娘撒谎?”赵铃铛看上去怒不可遏，一缕长发跑到眉毛前耷拉在了长长的睫毛上她都不为所动。

因为我之前教过她，如果打架时，想要在阵仗上唬住对方，就千万不要在发射愤怒光波的时候做任何小动作。牛犊子从地上腾地站了起来，欢快地冲赵铃铛摇起了尾巴，看来它认定了赵铃铛手中的排骨是要给它的，真天真!

赵奶奶一怔，赶紧解释:“铃铛……这块是给你留到晚上吃的……你看你面黄肌瘦的模样，我心疼啊!”

“你住嘴!”赵铃铛脱口而出。

我们都惊了。

3.

赵奶奶的眼泪在眼眶里直打转转，想想也是，含辛茹苦养了一个不知好歹的白眼铃铛。

连牛犊子都闻出了这一刻气氛的异常，十分识趣地用嘴巴拱开了纱门，嗷呜一声就跑进院子里吃了口屎，淡定地远离了我们这三个女人的是非之地。

“你给我滚回家去。”我妈突然钻了进来，一个大飞脚将我踹到了地上，还没等我反应过来，一个大嘴巴又扇了过来。这下我可知道咋回事了，真疼啊，我扯着嗓子开始号，一边哭一边诅咒赵奶奶和我妈，捂着脸夺门而出的时候，还撂下了狠话：“赵铃铛咱俩绝交了，以后你再来找我试试!”。

赵铃铛在我这儿总是要受很多无缘无故的气，之前我也以绝交威胁过她，骗来很多次大白兔，但是没有一次比这次更坚定不已。

其实，赵奶奶担心赵铃铛营养不良也不无道理，我俩同一天出生，我膘肥体壮、面如桃花，她矮我一头、面黄肌瘦。

我虽然知道我妈一向是个手起刀落的尚武女士，就算是我跟我爸联手都未必能打赢她；但是，我却不明白她为什么要当着赵奶奶和赵铃铛的面对我下手如此之狠。

总之，我的日子，接下来不是很好过。一边由于跟我妈划清了界限，所以饿到上蹿下跳还要假装清高绝食；一边是单方面绝交了赵铃铛这个唯一的朋友，所以我就断掉了未知路上的一线生机。

我简直认为自己活够了。

赵铃铛已经有两天零四小时没有来找我了。

傍晚我从房间里走了出来，生无可恋地望着墙头上的几棵野草出神，整个人饿得看啥都重影，直到赵铃铛从墙头上冒出来一个尖尖的小脑袋，昔日的羊角辫变成了一个松散的马尾，一根晶莹的头绳在半空中闪闪发光。

我一动不动地看着她小心翼翼地踩着几块青砖把自己降落到

我眼前，然后从裤子口袋里掏出来一串粘牙糖，往我身上塞，问我："吃不吃?"

我一看到糖完全失去了理智，但还是拉着个臭脸表达自己决不动摇的骨气，气哼哼地说了句："不吃!"

她见状就从背后卸下来少了一个耳朵的兔子背包，伸进手去摸来摸去，像一个瞎子。

过了好大一会儿，她从里边摸出来一包跳跳糖，又问我："吃不吃?"

赵铃铛知道这是我一直以来梦寐以求的东西，因为我们村的小卖店不卖这先进的货色，如果想要吃到可以在舌尖跳舞的跳跳糖，那就需要换上一双结实而舒适的鞋子，穿过一大片可怕的苞米地，经过一大片乌鸦满天飞的坟地，以及一条会随时有外村小朋友来收保护费的土匪地，才能抵达镇上那个金碧辉煌的大超市，还要学着镇上小朋友的口音，一板一眼地说出跳跳糖的名字，买完还得跟售货员说一声"谢谢"。

尽管如此，我依然黑着脸推了她一把："你走吧！我不吃!"

赵铃铛不动声色地又一次蹲下来摸，我甚至开始对这个残疾兔子包包充满了无尽的遐想。

赵铃铛最后的法宝是一个吹泡泡的小瓶子，她掏出泡泡棍鼓起腮帮子朝我脸上一吹，屁都没吹出一个来，只是喷了我一脸口水。

她愣住了，想要道歉，又觉得道歉无用，于是她转身看了那堵助她飞檐走壁的墙，似乎要撤兵。

赵铃铛瘦小的身子颤了一下，歪着脑袋叹了口气，脚下粘上了一层狗屎，裤管儿荡来荡去。

我鼻头一酸，一把将她拽了下来。她惊慌地看了我一会儿，一把抱住我，哭着说："月娘，我想你。"

4.

我们六岁那年，我和赵铃铛一起挤进院子里的大水缸洗澡，她夸奖了我浑圆的大屁股，烈日照得我们格外兴奋，我们决定钻进水缸比赛闭气。

正当我们马上就要分出高低时，有个陌生的女人叫了一声"铃铛"。

我们一起好奇地冒出了脑袋，差点儿把彼此撞晕，虽然疼得要死，但是却"咯咯咯"地笑个不停。

直到这个女人冲着我们走了过来，我们才警惕地认为家里进来了坏人。

那天赵铃铛被这个陌生女人叫回了赵奶奶家，直到日落西山，赵铃铛都没有再来我家找我。

我去厨房转了一圈，发现我妈终于干了一件让我满意的事儿，于是蹑手蹑脚地挑了两根最大的煮玉米，往衬衫里一裹，昂首阔步地去赵铃铛家“送吃的”。

但是来开门的是赵奶奶。隔着灯影我能看到赵铃铛被放在了一个高高的台子上，那个女人坐在她对面，嘴巴一张一合地动个不停。

赵奶奶收下了我的煮玉米，却没有收下我。

她说，铃铛正在谈大人的事，所以让我明天再来。

但是，当我“明天”再来的时候，却没有再见到赵铃铛。

我每天吃饱饭都会去赵奶奶家炕上坐着，盯着赵铃铛少掉一只耳朵的兔子背包一个人看上好久。

赵奶奶倒是看上去并不难过，她拒绝回答我的一些“你是不是把赵铃铛卖给了人贩子”之类的问题，只是弓着身子拿着一个扎人的小扫把反反复复地在床上扫来扫去。

后来我妈说我老大不小了，要送我去幼儿园。

我像一个一去不返的烈士一样去赵奶奶家告别，赵奶奶说：“你的幼儿园离家才两百米，告的哪门子别啊？”

我爬上赵奶奶的炕，挪了挪屁股，像一个大人一样拍了拍赵奶奶的肩膀，说：“那赵铃铛的幼儿园呢？她离得是有多远，才会不跟我告别？”

赵奶奶身子一抖，摸了摸我的脸说：“铃铛去的幼儿园，是有些远。”

5.

我觉得好像是过了有半个世纪那么久，我迎来了人生的第一个暑假。我拿出图画本坐在院子里画画，想画一棵树却没画树叶，想画一头牛却把牛尾巴画得比牛屁股还大。

一个甜美的声音冲了进来，大喊了一声“月娘”。起初我看到赵铃铛的时候有些诧异，甚至找不到一个合适的表情去回应她的突然出现。

那个时候我似乎就有点明白时间到底是一个什么样臭屁的东西，可以让你在面对昔日朝思暮想的一个人时，变得冷漠，或者不知所措。

赵铃铛穿着一身墨绿色的长裙子，看上去特别像一个文静的城里姑娘，浑身散发着一股陌生的香气。

直到她一屁股坐在了我旁边，歪着脑袋盯着我画的牛尾巴看了半天，大笑起来，又喷了我一脸口水，我才确定赵铃铛还是原来的配方。

她从我手上拿过铅笔，试图用她学习到的画法帮我修订一下，但是她改来改去，发现并没有任何人教过她该如何画牛尾巴，而且她也没有认真看过牛尾巴的样子，所以最后涂来涂去，牛尾巴被她涂成了一团疙瘩，阳光下闪着铅色的光芒，像是发了情一样雄壮。

她把笔一放，托着下巴说："你怎么不问我？"

我气哼哼地说："我不问。"还要把铅笔和图画本一起收走不给她玩。

她突然伸出胳膊把我拦下，眼睛里流出的大颗大颗眼泪砸得地上都是泥窝窝。她一把抱住我，说："我想你。"像一年前的黄昏，一个女孩，翻过一堵墙后给我变出各种零食的样子。

那个我去赵奶奶家刺探军情的晚上，那个声称是赵铃铛妈妈的女人，吓唬赵铃铛说赵铃铛得了一种传染病，如果不跟着"妈"去城里治疗，就会死掉。赵铃铛吓了一跳，因为她一直瘦得吓人，我一直说她肯定是得了病，她当即就深以为然。但是临行前她还是想来我家跟我告别，可是那个女人说如果她来找我，就会把病传染给我。

她害怕极了，月上三竿后冲着我家那堵墙猛喊了两声没有得到回应，然后哭得气都喘不上来了。

后来，我们才知道，其实铃铛妈妈是怕我太鸡贼识破她的阴谋诡计，这样铃铛就不肯跟她走了。

后来，赵铃铛真的查出来一种病——心肌炎，不过不会要人命，医生不让她跑不让她跳，还让她休学一年。那一年她被她的有钱妈妈送去了国外，她可能不太喜欢陌生世界，不然她也不会再没联系我。

我妈说，是我想多了，也许是她喜欢那个世界，才没再联系我。

后来的后来，我妈说赵铃铛回了村里一次，她留给我妈一个大肚子的哆啦A梦，说要转交给我。等我从北京回到家中时，赵铃铛早就走了。

我拍了拍蓝胖子的大肚子，气定神闲地拿起剪刀开膛破肚，一堆花花绿绿的东西淌满一地，有大大泡泡糖，有跳跳糖……有所有小时候她为了跟我和好而送过我的零食，还有一根项链，吊坠上镶嵌着一张我的画像——是我六岁时候的样子，戴着黄色发卡，噘着嘴。

赵铃铛总说："月娘，你生起气来，嘴巴上能拴一头驴。"

潘朵儿的男朋友们

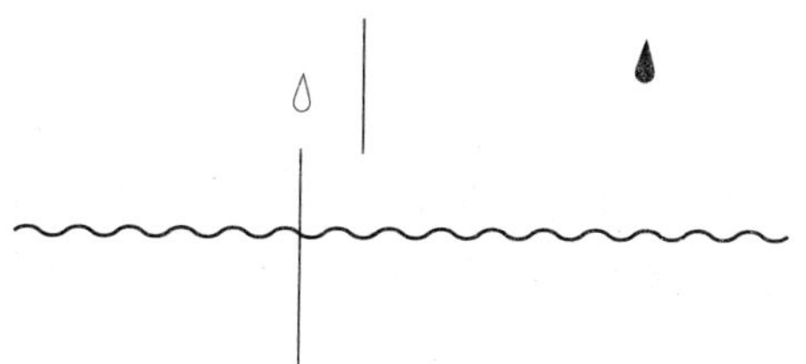

人类的身体就是很荒诞，起初惊喜探索，满是期待，可是越深入，就越寂寥。

潘朵儿说想来我家看看，她在我房间里转了一圈后，踢掉了脚上的高跟鞋，一边往嘴上涂口红，一边问了我一个问题。

1.

潘朵儿跟我同一批进入广告公司面试，那个时候我擅长蔑视一切，她擅长不懂装懂，所以在三十多个面试者当中，我们两个表现得扎眼又合拍。

面试官是一个秃头男人，领带上的图案是红色曼陀罗，扎在他脖子上滑稽又忧伤。

他用了十分钟的时间简明扼要地吹嘘了公司有多牛，期间一直在翘兰花指，然后推了推快要掉下来的眼镜框，问大家还有什么问题。

第一个问题是我提的，我说：“你们的面试方式很低级，你确定群面能节省时间?”

第二个问题是潘朵儿提的，她说我的问题提得很好，她也认为这群人不配跟她坐在一起。

在座的人本来看上去个个拘谨又有礼貌，但在我和潘朵儿嚣张的点火之下都气得炸了毛。大家本来打算不由分说地群殴了我俩，但是当他们瞄潘朵儿第一眼后，就选择了毫无原则的原谅。

潘朵儿太好看了，嫩黄衬衫，让她显得清新雅致，再加上水灵灵的大眼睛在扑闪，几乎连我都认为她是一个手无缚鸡之力的漂亮姑娘。

面试官看上去有些不太开心，他一拍桌子就让我俩一前一后出去，非常像当年老师把小明撵出去。

当我俩气哼哼地要滚的时候，迎面撞上了一个很有型的男人。潘朵儿迟疑了两秒，果断一头撞进了男人的怀里。

后来，我俩就被莫名其妙地录用了。

潘朵儿做任何事都很果断，她跟我说，那一瞬间她断定这个男的很有可能是公司的少东家，然而事实比她预测的更劲爆。

这个男人是公司的联合创始人，是一个月只来一次公司的董事长——钱坤。

潘朵儿应聘的是销售部，却莫名其妙地被调任到总经办。

作为一个刚入职就能骚动在老板身边的漂亮姑娘，全公司的人都能掂量出潘朵儿的能量，所以，潘朵儿的员工卡头天就到手了，我的员工牌就以“你还不一定能过试用期”的讽刺，攥在人事部最刁蛮的女人赵星星手里。

在潘朵儿来公司之前，赵星星一直是公司的头牌，公司AE都喝不过她，据说还被钱坤私底下带出去过几回。

所以赵星星在公司走路从来都是眼睛朝上看，大屁股扭得极狠，惹得我一个女人都忍不住想上手抓一把。

但是，潘朵儿来公司之后，情况就有了变化。

2.

公司每个月都会组织一次聚餐，地点在万达铂尔曼。

每次聚餐，都会有人喝多，喝多了之后，这些人会勾肩搭背地四处找下场节目的去处。之前钱坤总是安排人事部组织大家吃好喝好，从来不露脸。

公司的人都说，钱总是一个顾家的好男人。

但是这次，钱坤却出现了。

这是我和潘朵儿第一次参加公司的聚餐。那天她穿着一件火红色的连衣裙在路边等出租车，等了才五分钟不到就有些不耐烦，于是给我打电话，极不客气地要求我去接她。

坐上我车子的，除了潘朵儿，还有一个清秀高瘦的男人，他穿着一件做旧的白T恤，锁骨若隐若现，坐姿笔直，客客气气，拉着潘朵儿的手。

按照潘朵儿的指示，我首先得顺道送她这个“普通朋友”在一家银行总部下车。潘朵儿甜甜地朝着“普通朋友”挥手并嘱咐他今晚不要等她，早点儿睡，因为她可能喝到很晚。

继续往铂尔曼酒店走的时候，潘朵儿问我她的红裙子好不好看。

我点点头，她说她听不见。

我又点点头，她“扑哧”一下笑出声儿来，说：“这就是女人最典型的嫉妒心，永远不肯张口承认别的女人好看。”

也不知道为什么，陌生人之间的攻击总是能够快速增进亲密关系，我很自然地头也不回地说了一句“去你大爷的”，说这句话的时候，我两腿夹紧，狠踩了一脚油门。

我始终觉得，我跟潘朵儿才认识一个星期，真没到可以随便使唤对方的地步，所以尴尬地从后视镜看了一眼花枝乱颤的潘朵儿，决定聊点能够迅速拉近女人关系的话题。

过了红绿灯，我问她：“这你男朋友啊？”

“算吧。”潘朵儿从YSL手包里掏口红，照着嘴唇就是一通补，说这俩字的时候，口水差点儿流下来。她不好意思地倒抽一口气，“咯噔”一下把唾沫收回嗓子眼，说，“前边路口小卖店你停会儿，刚才上车的时候，丝袜刮破了，我再买一双。”

“小卖店哪有啥像样的，都是十块一双的货，穿一天就完蛋。”我皱起眉头，纳闷儿潘朵儿看上去尽是闺秀之气，为啥穿衣品位如此不堪。

“没事儿，我就要这种能穿一天的，最近手头紧。”不知道潘朵儿的耳机里在放什么音乐，说话的时候特大声，听上去显得对一切都特别无所谓。

潘朵儿穿着露背红裙与黑丝袜出现在聚餐地点的时候，我们公司的男人都张大了嘴巴，看上去都在诧异潘朵儿为啥把野鸡装穿到了这样一个场合。

潘朵儿不管不顾地拉着我的手找了一张离着舞台最远的圆桌坐了下来，四下看了一眼，就抻着胳膊从中间的坚果盘里抓了一把瓜子，嗑得神采飞扬，像一个东张西望的老鸨。

“哟，这不是朵儿嘛，穿得挺……挺特别呀。”赵星星摇晃着大屁股不辞劳苦地大老远跑过来奚落潘朵儿。

“哪儿的话，大姐您穿得也很慈祥得体。”潘朵儿头都没抬一下，小指头有一下没一下地转着圆桌上的玻璃盘。

“叫谁大姐呢?”赵星星一听就气坏了，插在腰上的手一巴掌拍在桌面上，疼得嗷嗷叫，却极不自然地往门口张望了一眼回应道。

“不然叫您小姐?”潘朵儿一脸的歉意。

“你……你的座位不在这桌，还有你，你俩眼瞎，去3号桌。以后长点眼，别在聚餐这种小事上都让人看笑话!”赵星星气得满脸通红，突然瞥了我一眼，指着圆桌中间的名单表狠狠地点了两下，转身走了，大屁股一颠一颠的，好像屁股也生了很大的气似的。

晚上八点一刻，钱坤出现了。

他推开门进来的时候，脸红红的，羞涩地向大家道歉说，来了一个客户，多少喝了点，所以来晚了。

公司人愣了一下，继而掌声雷动。赵星星就像是见了血的蚊子一样飞奔到钱坤身边，亲昵地拉着钱坤的胳膊说："钱总您来了，您的座位在那一桌。"

说这话的时候，赵星星白了我们一眼，欣喜地用脖子指示着自己所在的1号桌。

钱坤晃晃悠悠地被赵星星牵着往里走，走到潘朵儿身边的时候，像是被红色连衣裙下了蛊一样，豪气冲天地摆摆手说："不用麻烦了，我就坐这儿吧。"

这时，我才明白，刚才我落座的时候，潘朵儿为什么莫名其妙告诉我右手边的座位要空出来。

3.

那天晚上，钱坤喝得有点多，期间他司机忧心忡忡地来问过好儿趟："钱总，需要我现在送您回家吗?"他都摆摆手。

快十一点钟的时候，钱坤意兴盎然地转向身边的潘朵儿问："你住哪儿?"

潘朵儿一惊，把嘴里的螃蟹壳稀里哗啦地吐了出来，定了定神儿说："我家就在铂尔曼后边那条街。"

钱坤微微一笑，抓起手包说："顺路，我让司机小梁捎上你吧。"

一听这话没把我笑死。车子出停车场进入主路的方向正好跟潘朵儿家的方向反着，真是想要送你，东西南北都顺路啊。

潘朵儿倒是十分镇定，像一团火焰似的一下跟在钱坤身后走了。赵星星抻直了脖子，嘴巴张得像是刚咽下了一口热狗屎。

潘朵儿刚要出门，突然回过头来朝着我摇晃着手臂，等我走过去，她紧张兮兮地趴在我耳朵上说了几句，带着一脸的渴求一步三回首地离去。我半个身子伸在大门外，看到他们刚拐过弯儿的一瞬间，钱坤的手就搂上了潘朵儿的腰，高跟鞋咯噔咯噔的声音摇晃在整个大厅里。

潘朵儿拜托我的事儿，是要我帮他摆平他的那个"普通朋友"。

此时她的"普通朋友"正等在大门外，小伙子老远看到我就粲然一笑，继而往我身后一个劲儿地张望，妄图能看到那个早已给别人带去芬芳的潘朵儿。

"你好，我来找朵儿，打她电话没人接。"他仰着脸，一张嘴就红了脸。

"哦……我们公司聚餐结束后，还有一拨人去打羽毛球了，朵儿让你先回去。"我真为自己的随机撒谎能力拍案叫绝。

但不幸的是，潘朵儿这个白痴竟然连羽毛球都不会打。

“羽毛球？朵儿她不会打啊，她一开始让我别等她，后来说聚餐没劲让我过来接她去撸串，怎么可能又不等我跑了呢？”他看上去有些焦躁，眉毛拧巴起来的样子十分可怜。

“你坐我车，我送你先回去吧。今天吃饭时看了一场林丹的比赛，朵儿突然就认定自己有这方面的天赋。”我实在编不下去了，于是想强行把他掳走。

那天我送他回去的路上，他一直没说话。

华灯初上，窗外尽是繁华，我害怕他再问我问题，于是放大音乐音量。他坐在副驾驶的样子像个聋子，半个脑袋耷拉在车窗边。

快到家的时候，他下车，淡蓝色的牛仔裤包裹在他的大长腿上，把那张帅气无助的脸映衬得格外傻。我看不下去，赶紧把车窗升上来，以免因自己无聊的正义感去多管闲事。

可不知道什么时候他跑到了我的侧面，不停地敲打我的车门。我吓了一跳，赶紧把车窗摇下来。他满脸是泪地跟我说：“你刚才放的那首歌，实在太让人伤心了，你回去的路上不要再听了。”

那首歌叫《走着走着就散了》。一路上我只顾着放大音量，试图建立一道安全屏障，他却在不断地被悲伤冲撞。

这世界上的悲伤，在外人眼中总是来得有些莫名其妙。

那天回去之后，我就知道自己做错了一件事。

4.

凌晨三点，潘朵儿没有回去，“普通朋友”给我打了十六个电话，起初假装镇定，后来号啕大哭。我听得莫名烦躁，感觉自己平白无故地陷入了潘朵儿淫乱不堪的圈子，这离我的正常生活有点远。

我真是脑子抽风了才会把电话留给“普通朋友”。

凌晨三点半，潘朵儿的电话进来，她小心翼翼地询问我都跟“普通朋友”说了些什么，确保自己不会跟我串词之后，就挂掉了电话。

之后，她的“普通朋友”高高兴兴地把电话打过来，说朵儿找到了，没事儿了，他说朵儿就是打球去了，他还要加我微信把照片发给我看。

我说：“你发给我看干吗?”

他愣了一下，支支吾吾说：“我怕你不相信。”

这是我第二次见识潘朵儿的本事，第一次是她搞定钱坤，第二次是她让一个男人自己骗自己，还很开心。

第二天来到公司，公司每个人都收到了一封邮件——有关潘朵儿升职为人事总监的邮件。

所有人的第一反应是，那原先的人事总监呢?

钱坤向来行事稳重，像很多事业有成的中年大叔一样，看上去一派向往世界和平的好男人表象。即便拈花惹草，也只去拈在自己掌控能力之内的野花，但潘朵儿像是一剂注入他体内的毒品一样，沾了，就行事乖张，什么也顾不上。

原先的人事总监是钱坤的老婆一直在挂职，后来潘朵儿就被老板娘扇了耳光——当着所有同事的面儿。

正午的阳光有些刺眼，她捂着脸也不狡辩，只是在工位格里捂着脸朝着董事长室张望。围观的同事像一个个上了脖套的大鹅一样，围得潘朵儿喘不动气。

她听到有人说她活该，有人骂她小三，还听到有人笑得很夸张，甚至趁乱往她胸上摸了一把。

过了好大一会儿，她悄悄问我："都走了吗？"

我转过脸，拉着她去楼下星巴克坐下。她把卫衣上的帽子戴上，遮住了半张脸，说了句："香草拿铁，加三袋糖。"

香草拿铁是钱坤的最爱。

她喝了一口，说了句："还是不甜。"

她尝试着去相信过每一个人，抛弃所有的立场，放下所有的执念，比如去相信一个人会为她离婚，比如去相信一个人不认为她淫荡，比如去相信男人并不在意她的童年阴影。

"朵儿，你不相信爱情了吧？"我打断她，我觉得她这些相信有些滑稽。

她双手捧着杯子，看着我的时候，眼睛里像是弥漫着大雾。

她迷茫地往窗外看了看人流说："你往窗外看，每个人看上去都好正常，但是你永远不知道他们心底有多肮脏。"

5.

潘朵儿曾经有一个爸爸，可是她的爸爸不让她喊爸爸，要她喊哥。

哥说，潘朵儿的妈妈不是个好东西，宁可跑去给别人当小三，也要抛家弃子。

后来潘朵儿住的村子要拆迁，于是哥以此为诱惑，俘虏了一个风姿绰约的女人。

女人说，想跟他搭伴过日子的前提是，家里不能有潘朵儿这个包袱。

潘朵儿那年六岁，天大地大，她以为自己从来不给别人添乱，这个世界就能容得下她，可别人还是觉得她乱。

她不知道自己是不是真的姓潘，这些年她强迫自己在记住仇恨和忘记过去中反复纠结。她听说有些人可以选择性记忆，所以她不断地训练，希望自己能够拥有这项能力，可是不管她被送到了谁家，都会传出她曾经被自己爸爸搞大肚子的传言。

这件事儿，她实在记不清，可是有人这么告诉她，她就相信是真的。

潘朵儿光小学就换过三个，展开新生活，交到新朋友，对她来说，并不难。

当她小心翼翼，就会有小朋友集体来把她踩烂；当她开始破坏，所有人就会惧怕恶势力。

“那同时交往这么多男朋友会让你快乐吗？”

“嗯。”

我被吓了一跳，我以为潘朵儿会告诉我一些奇幻的解释，比如童年阴影后遗症，比如报复这个让她失落的社会。可是，她说这件事情会让她快乐，这叫我无言以对。

她说，每当跟男人交欢，她就觉得体内会泛出快乐，但是每当要去确认自己身上的男人是谁的时候，她就会感到长久的寂寥。

所以，她不知道做完这件事儿之后，应该干点儿什么才能让自己重新快乐，获得充实的幸福感。

我说：“可以聊聊天。”

人类的身体就是很荒诞，起初惊喜探索，满是期待，可是越深入，就越寂寥。

潘朵儿说想来我家看看，她在我房间里转了一圈后，踢掉了脚上的高跟鞋，一边往嘴上涂口红，一边问我：“你有没有听说过人间蒸发？”

第二天，我去公司上班，没有看到潘朵儿。

第三天，我又去，还是没有看到潘朵儿。

过了一个月，我忍不住去人事部问潘朵儿去哪儿了。

她们很惊讶，连赵星星都惊讶，她们都说："潘朵儿？什么潘朵儿？没听说过。"

我小心翼翼地坐回去，望着窗外。

我想目送，却从来没有机会，只能看到天边有一朵云，孤独又眩晕。

第三者的纯粹

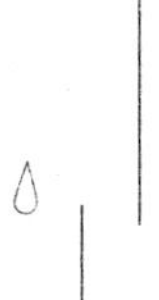

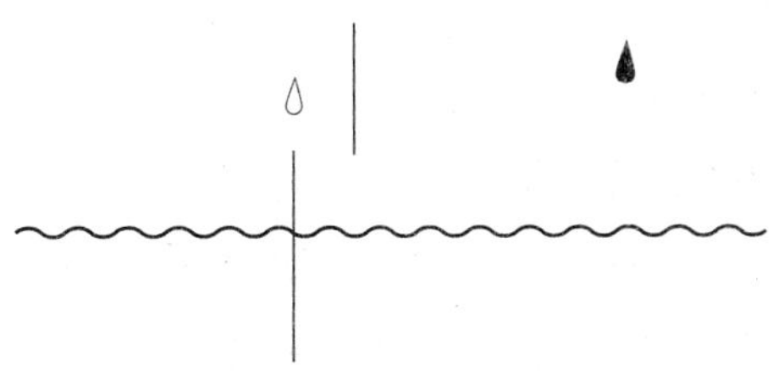

我蹲在大门口喂了狗，久久地望着四楼那扇常年关不紧的窗——油漆玻璃，灯晕昏黄，而后转身钻进小卖店买了包烟。

老板娘仰在藤椅上咬了一口西红柿，问我："有段时间没见着你们了，你们搬走了吗？"

我一怔，手中的打火机"噌噌"两下，没点着，默默"嗯"了一声，踉跄而出。

1.

"姑娘你成年没啊，牙周病就这么严重了？"萧然皱着眉头，手中的钳子一头撞进了白得发光的铁罐，一只小闹钟摆放在旁边，滴答滴答，正指向十七点。

"想打听我年龄就直说，别拐弯抹角套我。"我从牙科躺椅上翻身而起，拽了拽刚刚跟萧然亲密接触过的裙角。

两分钟之前，他扔掉手中的牙钩子，换上钳子，要求我张开嘴巴。我问他要张到什么程度，他俯下身子，一口香草味的呼吸喷得我脸上绒毛紧张，以至于我差点儿要迎上去亲他一口，直到他冷冰冰地说出来一句："看到没？就像我这种程度就可以了。"

"那这还能治吗？"

"能治，但只能控制，洗洗牙，然后做做牙周刮治，平常勤漱口，像你这种未成年就得牙周病的我还是头一次看到。"

"我二十三岁，单身，是X报刊的实习记者，非全职作家，除了牙龈不好，其他都好得不得了，你还有其他要问的吗？"

他一惊，看了一眼坐在门口正等着拔牙的老头儿，他们四目相迎，彼此都有些尴尬。为了表达理解，老头儿朝着地上猛吐了一口痰，露出参差各异的一口黄牙。

他看上去难以接受陌生人投来的不可思议，一脸通红地走到我跟前，神情严肃地开始开医嘱："我们快下班了，你回去可以多喝点茶，茶叶里有茶多酚，可以帮助你消化吸收，还可以抑制细菌生毓……"

突然他迅速左右观望，一下往我大衣口袋里塞进了一张小卡片，轻声说："我还有半小时下班，如果你不介意，我可以请你喝茶。"

我愣了一下，马上故作镇定地说："知道了，萧大夫。"出门的时候，感觉书架上方挂着的元素周期表在闪闪发光。

事实上，我在医院对面的茶室等了不到十五分钟，萧然就出来了。他看上去有些兴奋，我也有些迫不及待，毕竟从我神采奕奕地出现在口腔3室看到他戴着淡绿色的医用口罩到现在，也不过才一个半小时。

我淫荡至极的闺蜜赵晓月曾告诉我，所有的一见钟情都是见色起意，我起初花费了接近一个钟头的时间去批判她的肤浅，我告诉她，两个人能迅速沉迷于床笫之欢，主要靠的是气味的吸引与星辰大海般的宿命感。

可是这一刻情况有些不妙，因为萧然吸引我的只是他的黄金左脸与一口香草味的呼吸，而我吸引萧然的一定是波涛汹涌的C罩杯与满嘴血腥味的时时挑逗。

显然，萧然看上去也并不是个撩妹高手，不然他也不会坐在我对面一个劲儿地喝下一大壶生普洱后，不说回家，也不说要带我去什么地方看雪看月亮。

直到服务员来给我们添第三壶水的时候，终于一只老板养的白色松狮冲向我的裙底，打破了我们无休止的喝水死局。我顺势嗔骂了一句“色狗”后站了起来，鬼使神差地拿起桌子上的寿司丢给它一块，谁知它一脸的嫌弃，以这个店老板狗的身份不可一世地朝着我叫了两声，还闷头往我身上扑。

萧然站起来假装一不小心拉住我的手，淡然一笑：“这家的狗太色了，我们换个地方。”

茶馆大门外，万家灯火向我们传递着暧昧与及时行乐的信号，为了不辜负春宵一夜，萧然一把拉我入怀。

2.

后来，我们假装漫不经心地散步到一家水晶酒店，驻足的一瞬间，他扣在我指间的手明显颤动了一下，以至于我能听到他通过心脏在向我发射一种“我们发展得是不是有点太快了”的商量。

我立马不要脸地脱口而出：“怎么会呢？”

他惊诧：“你说什么？”

我脸一红：“我说……会不会太贵呢？”

等我缓过神儿来，他已经背着手像一个老头儿一样把我拉进了303房间。他小心翼翼地检查了门锁，检查了房间里每一个可能藏匿摄像头的角落，检查了窗外可能正在偷窥我们的每个角度，最后说要检查床底下会不会有一个亿万富翁遗忘下的一摞摞钞票时，趁机选定了一个更方便扑倒我的位置一屁股坐在了床沿上。

我知道接下来的项目一定是要“检查”我身体了，但是在这只浑身荷尔蒙迸发的野兽面前，我却在心平气和地考虑一个问题，要不要先洗个澡。

“你不知道，那天四目相对的时候，简直就像一对海尔兄弟！”萧然后来回忆起来，兴奋地这样描述。

“滚蛋，你家海尔兄弟光着膀子还能这么波涛汹涌？”我一扬手给了萧然一掌，他假装呻吟，顺势从后边抱住了我。

我跟萧然到底是怎么成为男女朋友的？

这个问题一直困扰着赵晓月，每当我告诉她是一见钟情的，赵晓月就让我闭嘴，她说这个世界上的一切，都是有预谋的。

我跟萧然的交往模式非常纯粹，就是持续欢爱，不提未来。

我觉得没什么不好，一个姑娘在二十三岁的时候，以为自己一定不会老去，所以也不渴望一夜定终身。

所以，当赵晓月告诉我，一个男人如果不肯带我进入自己交际圈就一定有秘密时，我两手一摊，表示不太有所谓。

直到有一天萧然抱着我睡着了，一通电话接进来，他抓着手机的手僵在了半空中，还朝着我“嘘”了一声。

他故意提高了嗓门讨好式地接起电话，他喊“老婆”，转身看了一眼一脸尴尬的我，推门去了客厅。

一门之隔，我听到他在客厅跟一个叫“老婆”的女人视频，放浪的笑声像大提琴声在铁轨上方飘荡。

3.

“所以，你被‘小三’了吗?”赵晓月一下从工位上蹦了起来，脸上竟然划过一丝被她猜中的欣喜。

我无法说清楚自己的处境，想假装冷静，手指却在发抖，反复把“本报讯”三个字打成了“本报信”。看到赵晓月这反应，更是气得我直哆嗦。

那天从萧然家离开的时候，我认认真真打扫了整个屋子，微尘在阳光下跃动，我尝试着抓了一把，摊开双手，发现什么都没有，但就是觉得脏。

萧然挂掉视频后推门而入，看到我对着自己的掌心出神。

我以为他会向我解释一下天底下为何有如此奇怪的人会给自己起名叫“老婆”，但是他没有。他只是凑到我跟前，问我怎么了。

我想说一句“没事”，但始终没说出口，我说我下去买瓶可乐。出门前我把大衣穿上，在门口的穿衣镜前瞥了一眼自己。

但我下楼后，就再也没有回去。

我莫名其妙地就这么走了，萧然心照不宣地接受了这样一个事实。

我们已经分开三个月了，一个不问，一个不找。

报社和口腔医院之间只有三公里的路，我站在16楼的办公楼里可以看到口腔医院的正门脸，还会掐着萧然的下班点望着大门口前的车水马龙出神。赵晓月坚持认为我在寻找可疑人物。

她这个说法禁不起推敲，因为望向那个方向的时候，我就感觉眼中大雾弥漫，我甚至一次都没看清哪个是萧然，更别提什么可疑人物。

这个城市每天都在刮着咸湿的海风，身边的人比我都关心我的处境，他们会不厌其烦地问我：“哎，今天萧然怎么没来接你下班?”“哎，萧然有段时间没来了啊，你俩没事儿吧?”

报社记者不但八卦民生，更八卦身边人的不幸。

我从进报社工作的第一天起，就感觉到自己灵魂在出窍的诡异，我感受不到悲情英雄的悲情，感受不到一场车祸带给我对珍爱生命的共鸣。只知道自己就像一只见了血的蚊子一样，但凡有异常，叮上去就是一顿猛拍。

我每天都在巴望着这个城市出事，最好是爆炸性的。

我会赶在所有记者前边去抢下这个新闻，我可以彻夜不睡，但是这座城市每天都在发生着一些不痛不痒的事儿。我的采访对象经常会在我眼前声泪俱下，为了表示我有良心，我总是要假装去揉眼睛，搓得通红，这个时候就会有眼泪莫名其妙地滑落下来，十分奏效。

可是，这些同情心，都是我装出来的，我灵魂深处已经缺少了一种叫感同身受的东西。

我自己冰凉，就无法温暖别人。

好像是六月的一个晚上，交警大队的朋友说要去查酒驾，问我这个月的稿子考核分数够不够，要不要带上我去抓几个现场。

那天抓到的现场令我十分满意。

一个娇滴滴的女人开着一辆套牌车追了别人的尾之后试图逃逸，一路嚣张地按着喇叭。被我们的车子拦下后，她一开始拒绝接受检查，骂骂咧咧地在车里表示自己很有背景。后来对峙不过，她就吹了一口，血液中酒精含量达到300毫克/100毫升，酒驾罪跑不了了。

女人从座位上抓过一件大衣，威风八面地给自己披上，上去就给了我的交警哥们儿一口，还拿着胸脯一阵猛蹭，吓得交警哥们儿一下子跳开。女人一个踉跄摔得半边脸发青，她哭着指着我们，让我们一个都不许动，她说要打电话叫人了。

她叫来的人，就是萧然。

4.

萧然出现的时候，穿着一件淡绿色的小圆领衬衫——那是在我们相恋两个月后的一个下午，我送他的礼物。他高兴地抱着我原地转了三圈，在把我扔到床上之前，疯狂地嗅着衬衫，说这是他第一次收到女人送的衬衫，这一定代表了一种婚姻的宿命感。

那个时候，我还真以为萧然说的婚姻跟我有关。

“老婆，你怎么又喝这么多酒，怀孕不能喝酒。”萧然看上去很紧张，他一把搂住瘫软发疯的醉鬼女人，眼神中流露出一种我从未见过的温柔。

萧然一直对我很好，但他看我的时候，是另一种温柔，跟眼前这种不一样。

这其中微妙的差别一下将我击中，我站在离他只有三米远的地方，像一只被主人遗弃后拒绝再次相认的狗。

那天，萧然老婆被拘留起来这件事，让我十分欣慰。

这样我们就有了一次促膝长谈的机会。他像是早就知道我在局子外边等着他一样，从公安派出所一出来就开始东张西望。我从车子里走下来，用力招手，红色的长裙子在晚风中骚动着脚踝，一瞬间还以为自己在为他接风。

我一直很羡慕一些说谈谈就可以谈谈的人，而我和萧然之间却一直都谈不起来，我们之间的一切欢愉，都通过鱼水之欢传递，我原以为遇到了一个像自己一样怪异的人。

事实上，他不愿意跟我多谈自己，只是怕我多问。

所以在第一次约会的茶室再次面对面坐下来时，我们依然像第一次约会时一样不苟言笑，那只白色的松狮依然很色地来舔我的裙子，但萧然只是看了一眼，没敢再说一句有关这一切的话。

于是，我们又去了我们的出租屋。

那个小区的四楼可以看到对面邻居家的鞭炮花，我们每次手拉手往家走的时候，萧然都会说，以后我们也从自家窗户挂出来一墙的花，三角梅，必须是红的，必须夺目。

我认为这些话都是一种有关我们未来的规划，我十分喜欢听，所以他一说，我就开心地哈哈大笑。

萧然围着出租屋转了一圈，木木地看了我一眼，不知道为什么，我感觉我不太想听他解释。

“还可以找你吗？”萧然突然朝着我走了两步，一双大手像往常一样插入了我的发丝间。

我木然一愣，半晌才缓过神儿来，巴掌打在萧然的左脸上。

萧然捂着脸也愣了，继而冷笑，他伸手又来拉我，被我甩开。他只好伸手做了一个“请”的姿势，示意我坐下来聊聊。

“我确实不敢告诉你，我有老婆了，结婚结得比较早，但是我遇到你之后，想跟她离，所以就想等离完告诉你。”他点上烟，跷二郎腿的样子，依然像是这个家的男主人。

“然后你却发现她意外怀孕了？”我接过话，手不争气地在发抖。

“嗯，我没法抛弃一个怀孕的女人。她平时极少联系我，那天她检查到自己怀孕了，太高兴了，所以发视频给我，告诉我喜讯。我听到这个消息，只能大笑……对不起……真对不起。”萧然眼眶开始发红，左脸依然很帅，但却陌生。

“需要我说没关系吗？”我冷笑。

他缓缓地抬起头来看着我，半晌后从沙发上站了起来，环顾一圈后，皱着眉头问：“你为什么没有退房？”

“因为对面的鞭炮花很好看。”

萧然“哦”了一声，一回头看到了厨房角落里的那台望远镜，30度仰望的位置，直直地对着那户鞭炮花挂满墙的人家。

“你这是干什么？”萧然惊慌失措地看着我，拿手指着那台望远镜，身子一下歪在了门边。

5.

这个出租屋是萧然跟我热恋时候的据点。

楼下小卖部的老板娘见证了我们手拉手走过的泡面时光。我们会在半夜跑下楼买零食，我们会在出去旅游前在这里置办一些随身的小吃，因为房屋钥匙只有一把，所以我们每天去上班之前，都把钥匙放在老板娘这儿。

谁下班早，谁就取走钥匙去开门。

那天我下楼说要买可乐时，老板娘无意中说了一句，今天怎么才下班啊，说完竟然扔给了我一串钥匙，说是萧然上午放在这儿的一直没来拿走，明天有人来拿，我来了，那就拿走吧。

我惊讶地接过来，看了一下那串钥匙，防盗门的主钥匙上赫然贴着“9#402”，并不是我们出租屋的那套钥匙。

而这个房号，正是挂满鞭炮花的那户人家。

当天晚上，我打开了9号楼402的房门，看到了墙上的婚纱照，萧然搂着一个女人，不，应该是搂着他的合法妻子笑得很开心。

我站在空荡荡的屋子中央，但这个屋子的厨房、门后的扫把、吧台上的红酒杯、储藏柜上的花边装饰，都在向我传递着一股浓烈的生活气息。

第二天我坐在9号楼402的沙发上，等到了萧然的妻子。

他们长期异地。萧然的家就在这个小区，而萧然，为了防着我，特意隐瞒了自己家的位置，只是在同一个小区租了一套房子，跟我满口鬼话地承诺着一个没有未来的未来。

萧然妻子想跟我达成协议，要我帮她收集萧然的出轨证据，她想要他净身出户。

而我，只提了一个条件，就是别再让我看到萧然。

她觉得我的条件和她的条件有些相背离，因为我不能见到萧然，就不会再跟萧然上床，那她，就失去了萧然出轨的现场证据。

于是她买了一台能摄像的望远镜架到视线最好的卧室里，试图拍下来一些有用的东西，但在萧然下班前，她还要藏好这一切。于是，她就恳求我把望远镜先挪到出租屋去，别打草惊蛇。

后来，萧然离婚了，净身出户，他自己主动提的；他老婆去他单位大闹了一场，他身败名裂，自己提交了辞职信。

赵晓月说我这事儿办得有点毒，按照她的理论来看，虽然萧然向我隐瞒了他已婚的事实，但是跟我在一起时也确实对我蛮好，甚至还动过离婚后娶我的念头，她说这些都足以证明萧然并非是一个渣男，所以我伙同他老婆让他净身出户这事儿实在有些下三烂。

我听不下去。我只知道萧然从第一天跟我在一起的时候，就一直在防着我，防着我翻脸，防着我在他东窗事发后去破坏他的家庭。

他唯独不相信的是，感情的纯粹。

我恨透了这一点。

他大概是去了另外一个城市。

他大概恨极了我。

离开那座城市之前，我蹲在那个小区大门口喂了狗，久久地望着四楼那扇常年关不紧的窗，油漆玻璃，灯晕昏黄，而后转身钻进小卖店买了包烟。

老板娘仰在藤椅上咬了一口西红柿，问我："有段时间没见着你们了，你们搬走了吗?"

我一怔，手中的打火机"噌噌"两下，没点着，默默"嗯"了一声，踉跄而出。

正常的爱情

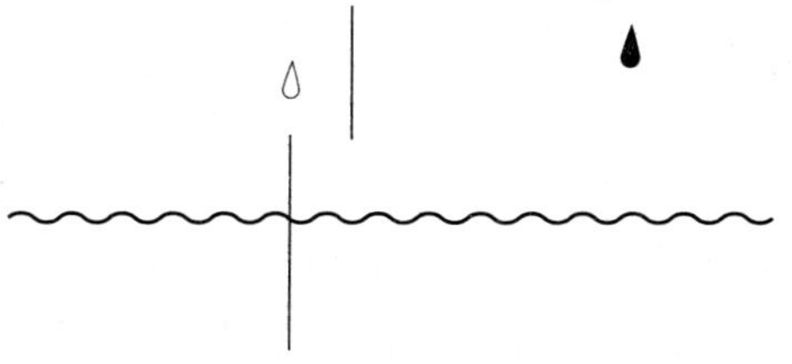

我该怎么描述卡拉？他不是条狗，他是一个诗人。

在一次聚餐会上，他因为与一个封面设计师信仰不合抡起了酒瓶子。那时我刚到北京，从来没有见过这么乱的场合，因为拉架的人明明是拉架的，不知道怎么的竟然分分钟站成了两队。

两个人的斗殴变成了两队人的群架，乱哄哄的人群中到处飞扬着一种“今天必须有人死在这儿”的荷尔蒙。

我当即肯定诗人这个圈子不适合我，于是赶紧抓起包来往外跑，可丧气的是，一个不知道从哪飞过来的酒瓶子一下击中了我的后脑勺。

我一下歪倒在地，绝望地说了一句“卧槽”，就昏了过去。

1.

我跟卡拉就是这么认识的。

这个聚餐会是他女儿的满月酒，他已经不止一次在这种欢喜的场合跟人打起来。

有一次是在另一个诗人的婚礼上，他喝得有点多，于是提着酒瓶子去拉新娘子的手，非要让人家再次感受一下他八块腹肌的勃勃生机。新娘吓得连连后退，优雅地说不认识他，让他赶紧滚蛋，可他还是不依不饶地满场追着新娘子上下求索。

新郎当然不乐意了，但又怕在大喜的日子翻脸不吉利，于是假装和颜悦色地搂着卡拉的肩膀说："兄弟，你喝多了，我找朋友把你送回去。"

卡拉当然不会承认自己喝多，为了证实这一点，他向新郎详细讲述了他跟新娘彼此难忘的一夜——

他如何在798艺术展上碰到了这位如花似玉的女人，他们如何选定了一家性价比十分了得的五星级酒店，如何在一进门后疯狂互摸，然后翻滚在房间的地毯上……

我之所以知道得这么详细，是因为无论他当时说什么，新郎都笑呵呵地说："太吵了，听不到，以后再说吧，兄弟。"卡拉觉得聊天这件事儿一定要彻底，既然人家听不明白，那就得想办法让人家听明白。于是他转身去舞台上拿到了无线麦，声情并茂地向全场讲述了那一夜发生的事。动情之处，还读了一首自己前一天晚上刚做的诗。

表演完这一切后，台下一片寂静。

新郎脸都白了，但还是摆摆手说，这兄弟喝多了，但编故事的能力还是很优秀的……诗歌也写得不错……但是，夸着夸着也不知道怎么的了，就冲上去跟卡拉干了起来。

因为卡拉连新娘大腿根儿上有三颗黑痣都知道。

在此之前，她说这三颗痣是他的宿命。新郎还以为，这是只属于他一个人的宿命。

卡拉把那份本属于他一个的宿命，欢送给了一群人。

从那以后，圈子内每逢有嫁娶满月之类的喜事，总是一再避免被卡拉知道。

因为他擅长不请自来，而且每次他给的份子钱都是全场最高的。

事后，两口子像没事儿人一样去度了蜜月，回来之后就离了婚。

大家都说，诗人做了一件不太诗意的事情。

卡拉说，每个人都有权利直面真相，尤其是在面对女人时，唯有得到女人的秘密之后依然对其深爱不已，才配对一个女人说爱。

所以，卡拉用这种方式，骗到了现任老婆惠子。

2.

卡拉在成都出差的一天。

他走进了一家面馆，要了一碗面，并把一本诗集放在了桌上。

面馆里一共放着八张桌子，他一进门的时候就数好了，卡拉选择了最靠门口的一张，他总是要求自己在任何时候都要接近蓝天与骄阳，哪怕是吃一碗面的工夫。

“您的面，十二块。”一碗面摔在桌子上，一个丰乳肥臀的娇小女人站在了他面前。

他眼前一阵眩晕，不知道为什么，他感受到了这具肉体对他的召唤，不然他也不会满眼渴望地久久看着她，不肯离去。

“十二块钱，不好意思，我们家都是先付钱。”女人扭了扭身子，朝着他伸出了一只手。

卡拉一下回过神儿来：“哦，我这个人是有原则的，都是先吃饭，再给钱，反正面你已经做了，容我吃完，总不能因为一碗面就要撕裂我的价值观，这样不好。”

女人“扑哧”一笑，这家面馆她开了五年多了，第一次见到因为一碗面跟她谈价值观的男人，“那你先吃吧。”

卡拉看到女人腰肢扭动着钻进了厨房乐得直咧嘴，抬头的工夫，猛然注意到，小面馆的墙上挂的竟然全是达利的画。

卡拉当即认定了这正是自己这些年来苦苦寻找的女人。

于是，心平气和地吃完这碗面后，他喊了一嗓子“老板”。女人一掀帘子从厨房里走出来，以为他要结账。

结果卡拉“嘿嘿”一笑，夺门而逃。

女人先是一愣，马上意识到有人要吃霸王餐了，大骂一声“龟儿子，日你仙人板板哦”，紧跟着就追了出去。

一直追到胡同里的一个闲置车库里。两个人对峙了十秒后，不确定的仇恨与深情的喘息弥漫在两米远的空间里。

卡拉不负众望地把女人给办了。

办完之后发现，女人不但结婚了，还有了个六岁的儿子。

3.

从重庆回来之后，卡拉约我们出来喝酒。

起初他说很惆怅，想找个人聊聊，我们都说有事儿去不了。

于是他换了一种思路，说有个大纲，投资到了，需要找个人把故事写一下，定金三十万，想找个人聊聊。

于是，我们都出来了。

作家圈子有时候就是这么无情，但又在影视公司老板随便扔出一丢丢鱼饵时马上又像狗一样深情。

但是卡拉好像并不介意，因为他除了花钱的时候，平时比狗都孤独。

等一桌人凑齐之后，卡拉先是叹了口气，接着就是“不瞒各位……”

半小时的陈情后，一桌人大呼上当，但来都来了，况且故事这么香艳，于是男人们不遗余力地表达了各自的见解。

“卡总，猛啊，不过已婚女人还带孩子是挺棘手的，劝你还是当一夜情了吧。”

“卡拉，不是我说你，一夜情这种事儿，事后就别惦记，一惦记就被人赖上了。喜欢少妇，可以照着干净利落的少妇去找，这种拖家带口的女人，一沾可就一手血，我觉得你这就是精虫上头。”

“……”

很显然，被现实干翻过无数次的男人们，都在以过来人的身份劝卡拉回头是岸。

卡拉听毕有些落寞，眼珠子来回转，还故意踢了一脚从我们这桌路过的一条牧羊犬。

他瞥了我一眼，拧着眉毛等着。

“喜欢就娶啊，这帮男人混得比你差这么多，还不是因为太鸡贼。”左右躲不过，于是我火上浇了一把油。

卡拉“腾”地一下站了起来，这架势明显就是要跟我击掌，但我赶紧往后退了一下，非常谦虚地表示了“算了”之意。

卡拉劲儿太大，他在做每个动作时都极其浮夸，以至于有一次他拍了我肩膀一下，我“啪”地坐在了地上。

我实在忘不了那种发自肺腑的疼。

“满场就这一个跟我价值观一致的真爷们儿，你们这帮孙子，我叫你们出来，不是为了征求你们的意见，就是要向你们宣布，老子要为我的真命天女做一次毁灭全世界的事儿。”

一桌人登时就傻眼了，继而撸串的继续撸串，喝酒的继续喝酒，谁也不再对此事发表一句废话，都默默坐等卡拉这个大傻子被现实干个四脚朝天。

那天卡拉又喝大了，但是这次没有跟任何人打架，他一直说自己很开心，他说真爱这种东西，遇见了才知道，那些没见过的人，知道个屁啊。

坐上最后一班地铁的时候，我叮嘱卡拉要从立水桥站换乘13号线，然后从13号线坐到霍营，从霍营打车回家。

卡拉一直在点头，涨红了脸说他知道了，知道了。

他知道个屁。

那个晚上他又不负众望地坐过了站，睡得哈喇子横飞，被末班车的工作人员叫醒后清了出去，他稀里糊涂出了站。

他往四周看了良久，发现自己可能是迷路了。门口有很多黑车问他去哪儿，他“嘿嘿嘿”笑了两声，说：“去你妈的。”

卡拉被送去了医院。

4.

而这次的奇幻经历，召唤来了惠子。

她急得满脸通红，看着卡拉头上缠满了绷带，起初哭了两声，突然从包包里掏出了一个明晃晃的东西。

卡拉定睛一看，卧槽，是一把刀。

“你干啥，你大老远跑来是为了杀我啊？”卡拉吓得挺直了身子，眼珠子差点儿掉地上。

“告诉我，是谁动的我男人，老子搞死他。”惠子温和地往前凑了凑，把刀藏到了身后。

卡拉愣了一下，眼泪“哗啦”一下就流了下来，一把抱住惠子，激动地说了一句“好兄弟”。

出院的头一天，卡拉听说霍营附近的黑车都被抓了个干净，据说是被人举报的。

惠子在卡拉家里做了三天饭，然后在一个清晨收拾好行李要跟卡拉作别。

惠子说人这一辈子，就得莫名其妙地疯几回，就像是开着面馆画画一样，也找不到可靠的原因，但是疯了就疯了吧。

卡拉皱着眉头，想了想说，可以走，等明天。

第二天，卡拉陪着惠子回到了成都。

陪她跟丈夫谈离婚条件。

惠子的丈夫有些蒙，因为照他的阅历与见识，这种情况理应由他捉奸在床，然后奸夫跪在地上苦苦哀求他，之后他愤怒地对其拳打脚踢，让一对狗男女滚蛋。

现实的剧本却是，这对狗男女手拉手找他坦白一切并谈离婚条件。

惠子说：“我什么都不要，只要儿子。”

惠子丈夫猛吸一口烟，摇摇头，桌子下面的腿剧烈地抖。

惠子脸色惨白，猛吸一口气，哽咽说：“那我儿子也给你。”

惠子丈夫看了一眼卡拉，眼珠子里在冒火，犹豫了一下，又摇头。

卡拉从裤兜里掏出来一张卡，他从来不用钱包，说那是全世界最愚蠢的发明，既不能帮助留下，又纵容失去一切。

烟灰缸里，一只烟头被掐灭，惠子丈夫缓缓抬起头，问："多少？"

卡拉说："一百万。"

惠子丈夫说："你有多少？"

卡拉说："你管？"

惠子丈夫说："那我要三百万。"

惠子"腾"一下站了起来，拿起烟灰缸就要往丈夫头上磕。卡拉按下，说："给你三百万，赶紧利落地去把婚离了，别磨叽。"

惠子丈夫点点头，站起来一把撕下了墙壁上的挂画，《记忆的永恒》被撕了个稀巴烂，海滩上那只似马非马的怪物覆盖了那棵死树。

惠子跟在卡拉身后，临出门前看了一眼坐在桌旁纹丝不动的丈夫。

"你跟他是因为钱？"女人丈夫朝着窗外大喊。

惠子都走出五米远了，突然跑回来，隔着窗户，大喊："是因为爱。"

是因为爱。

这件事讲给我们听的时候，卡拉以为我们会感动，但是在场的人只是劝他喝酒。酒过七巡之后，就有人忍不住说卡拉是个大傻子。“听过离婚当事人净身出户的，没听过第三者跟着净身出户的，你个傻子。”

卡拉哈哈大笑，说：“你们才傻子呢！我好歹在北京还有一套房子呢，这是给惠子保底的，我才不会让惠子露宿街头。”

5.

一个月后，卡拉跟惠子举办婚礼，请帖发出去两千多张，但是来参加婚礼的只凑了一桌。

圈内很多人都自称是充满诗意的诗人、破坏一切的诗人，但当得知卡拉以这种形式追到自己心爱的女人后，他们选择了唾骂与不齿，很多被卡拉救助过的贫穷文艺青年，都在第一时间指名道姓地写诗骂了卡拉。

婚礼当天一共到了二十多个人。卡拉在大门口站了一会儿，转身跟惠子笑嘻嘻地说：“人不是很多，咱还等吗?”

惠子摇摇头说：“等个屁，婚又不是给他们结的。”

于是，酒店的服务员把我们到场的二十多个人组了一桌，撤掉了其他的桌椅与摆设。

婚礼上，卡拉为惠子读了昆德拉的《不朽》。

“没有一点儿疯狂，生活就不值得过。听凭内心的呼声的引导吧，为什么要把我们的每一个行动像一块饼似的在理智的煎锅上翻来覆去地煎呢?”

三年后，卡拉带着惠子去我家吃饭，身后跟着一个刚会走路的小朋友。

饭桌上他依然会喝大，喝嗨了就会给惠子读诗，惠子像一个少女一样在一边鼓掌。

那个下午，窗外一直有小提琴声悠悠荡荡地从楼上飘下来，天色慢慢暗下来后，小区的广场上响起了嘹亮的广场舞曲。

我突然不知道，哪一种人生，才算是正常。

我觉得我会是个好妻子

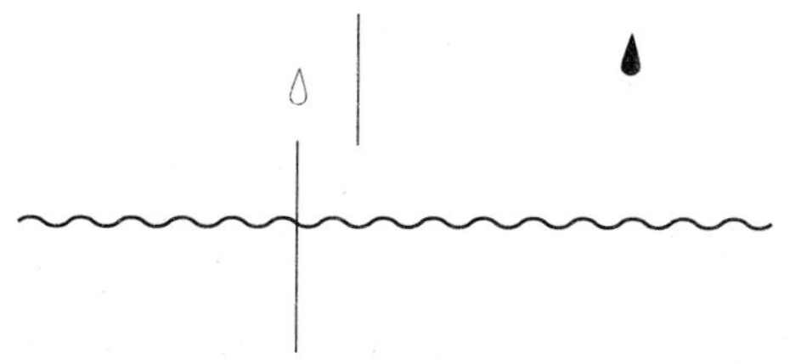

“我今年三十一岁了，没谈过一次恋爱。不是没人追我，只是我怕答应了别人之后，他们会说我骗他们。”

1.

认识牛春天的时候，我的人生刚好处在小学五年级的暑假。她说她姓牛，我为此笑了好半天，还捏着鼻子冲着她“哞哞”叫了两声：“是这个牛吗?”

她一本正经地点点头，说：“就是这个牛。”

我笑着跑回家跟我小姑姑说了这个笑话，小姑姑说这不是笑话，人家就是姓牛。

牛春天只比我大一岁，但个头高出我一个头。

第二天一早我又去河边戏弄奶牛，再次碰上了穿着大长裙子的牛春天。

她看到我的时候很开心，穿过溪流的时候在几块衔接得歪歪扭扭的石头上蹦得飞快，还摊开手掌向我展示她刚抓到的一只虾。

我从未见到过活的虾，我以为它们都是一拃长，红彤彤，香喷喷。但牛春天给我看的这只虾只有指甲盖大，还是透明的，如果她不十指交叉地捂住，它还会疯狂地蹦跶。

我向她表达了借来玩玩的愿望，牛春天却直接对我说："你摊开手，送你了。"

傍晚的时候，她带我去山后的死水湾玩儿。我们俩站在桥上，我穿着裤衩和背心，她穿着一件淡绿的长裙。晚风吹过，河水淙淙，我看上去像个发育不顺利的饥荒少年，牛春天看着像一个仙女。

她把下巴压在桥头的铁栏杆上，摆弄着自己的拖地长裙。

"以前我没见过你，你是新搬来的吗?"她问。

"不是，我坐火车来的，爸妈送我来小姑姑家过暑假。"我学着她的样子也摆弄着自己的小短腿，半曲着身子坐在第二层栏杆上，荡来荡去，像一个没屁股的柴火棍。

牛春天"哦"了一声，半晌说了一句"怪不得"。

我当时以为，她的这句怪不得，是"怪不得之前没见过你"。

但后来牛春天告诉我，那句怪不得，是"怪不得你敢跟我玩儿"。

我就奇怪了，虽然牛春天姓牛这件事儿我前所未闻，但她又不是妖怪，为啥我就不敢跟她玩儿了。

2.

小姑姑喊我回家吃饭的时候，我正跟牛春天在小河边抓鱼，她负责赶鱼，我负责堵窝，牛春天一只手半撩着大长裙子，另一只手欢腾地在河水中赶鱼。

“轨，叫你咋不答应，回家吃饭了。”小姑姑赶过来的时候气喘吁吁，她总说我比她养的那些奶牛还不好管。

我双脚一横，东奔西突地把给小鱼准备的陷阱堵好，一边回：“这就好了，我把鱼捞出来。”

说着我就开始捞这些不幸被我堵进小堡垒的小鱼，牛春天见状便也上来帮忙，四只小手在沙窝堡垒里欢乐地碰撞。

“咱不弄这些东西。”小姑姑突然一把拉起我往回走，还回过头望着牛春天叹了口气，全然不顾我哭得差点儿上不来气。

晚上我郁郁寡欢地置气，还说回家就跟我爸告我小姑姑的状。

小姑姑满脸的不介意，说：“不想吃饭，我就去给你热牛奶喝吧！”

“不喝。”我从小就很倔。

“以后别跟那个小姑娘一块玩儿了。”小姑姑像是没听见我反驳似的，还是起身去冰箱里拿了牛奶，准备倒进锅里热的时候，扭头又给了我一句这样的警告。

“为什么？”我显然不买账，狠狠地关掉了家里正在播放新闻联播的电视机。

“不为什么。”

“不为什么是为什么？”

“你这孩子怎么总瞎问，她害病了，没见她整天穿长裙子不敢露胳膊露腿吗？身上全是，你跟她碰上了就传染你！”

“我偏不！”

第二天一大早我没吃早饭就去了河边，威风八面地穿着裤衩站在半山腰，等着牛春天来跟我继续抓鱼。

可是直到太阳下山，我也没再见到牛春天。

晚风吹得我屁股发凉，我气得胸口发闷，气哼哼地在村子里乱窜，像一个叫卖糖棍的小老太太一样，捋着墙根挨家挨户地喊：“牛春天？”

有时候换来的是一片狗吠，有时候换来的是无边的落寞。

还好在一个小胡同里，一家门口依然保留着拴马石的大门那儿，牛春天衣袂飘飘地走了出来。

我兴奋地差点儿奔跑着要扑倒她，牛春天却冷着一张死鱼脸喝令道：“后退！”

我一下蒙了，默默地站在离她四米远的地方，等着她接下来的把戏。

接下来没有把戏。

牛春天在她站的地方，留下了一个装满水的罐头瓶，然后转身进了家门，“哐啷”一声，门关得干脆。

那个罐头瓶里，装满了那天我没能带走的小鱼小虾。

3.

大学刚毕业那年的春节，我开车带着父母去看望小姑姑。

山里的村子一到晚上看上去大雾弥漫，小姑姑家的奶牛卖掉了，她不再一意孤行地给奶牛挤奶，只是一天天地待坐在院子里。

她说牛春天是全村里唯一的大学生，毕业后工作也格外好，别人家的父母六十多岁了还在养牛挤奶，她的父母每天都搬着马扎在桥头晒太阳打牌。

“那牛春天呢?”我问。

“就在县城里上班，周末都回来。”小姑姑抬头看了看家里的挂历，“今天应该在家。”

我欣喜若狂，刚要出门，又忧心忡忡地把迈出去的腿缩了回来：“那她的孩子现在都应该不小了吧，我突然去造访，会不会不方便?”

小姑姑神色莫名黯然了一下，低声说：“没，还没结。”

我一听竟然高兴地蹦了起来，奔门而出，像十一岁那年一样，猫在她家所在的胡同里，大喊着：“牛——春——天——”

大门“吱嘎”开了，许多年前的柴火棍木门被换成了大铁门，许多年前的海草房被改造成了二层小洋楼，唯一不变的是，出来的依然是一个穿着长裙的牛春天。

就凭她皱眉头的小模样，我几乎一眼就能辨认出牛春天来，况且她跟小时候一样，依然高我一头。

她一时反应不过来，愣在门槛上端详了我半天，好大一会儿才反应过来，笑得“咯咯”响。她伸出手来想要抱抱我，可等我往前凑上来的时候，她马上尴尬地把自己变成了一个“请”的姿势。

我跟牛春天坐在她家小院子里晒起了太阳。

还没等我兴致勃勃地跟她忆童年，她就一脸尴尬地开腔了：“你……是不是不知道我有病?”

“我知道，但不知道是什么病。”我坦然。

“银屑病。”

“银屑病?”

“就是牛皮癣。”

说着，牛春天就掀起了自己的长裙，露出了两条大长腿，密密麻麻的红疙瘩细致地爬满了她的两条腿。阳光刺得我眼睛生疼。

4.

牛春天高中时就有一米六八了，脸蛋白皙，长发披肩，在我们俗不可耐的smart（时尚的）年龄段里，她像一个遗世独立的沧海明珠一样，安静，却吸引人。

牛春天的牛皮癣还算争气，从脸蛋到脖子，都毫无显露，但在别人看不见的地方，却肆无忌惮地蔓延了她的全身。

所以她从小到大都是长裙加身，不与其他小朋友一起玩儿。

在一个全村都靠养奶牛为生的小山村里，这个病被传播成了一沾就传染人的恶魔。牛春天太小了，她哪知道自己是不是恶魔。

但既然大家都这么说，她就觉得自己大概真是恶魔了吧。她不敢跟小朋友牵手，怕被嫌弃；不敢在上课的时候往前凑，怕传染别人；不敢接受自己喜欢的男孩子的表白，怕被人知道自己有病之后被抛弃。

直到她学了医，知道这病是一种免疫功能疾病，并不会通过肢体接触的方式传染给别人，于是终于松了一口气，但她依然不敢让任何人看到自己的身体。

她没有去过公共澡堂子，没有泡过温泉，也没有去上过体育课。别人觉得她孤僻，她觉得也好，至少别人会认为她只是精神有病，不是身体有病。

牛春天的少女心一直很敏感，她从高一时就喜欢一个叫邵俊的男孩子。

大一那一年，她接到邵俊的电话，“我想要你做我第一个女朋友，也是最后一个，行吗？”

牛春天兴奋坏了，人世间最幸福的事儿，莫过于自己喜欢的人，也刚好喜欢自己吧？

她雀跃地在寝室里转圈，转到眩晕，转到眼圈发红。她拿起电话，对着电话那头说："不行。"

5.

就像顾城说的，为了避免结束，你避免了一切开始。

牛春天知道，邵俊一定感觉出来自己喜欢他。

但是，他却大概到死都不知道她为什么会拒绝他。

"邵俊都当爸爸了。"牛春天突然扬起脖子来，看上去简直像是自己当了妈一样兴奋。

"你后来联系他了？"我问。

"没有没有，我看见他更新自己的微信头像了，是他女儿的照片。"牛春天的手不自在地撩动了一下裙摆，整个人突然拘谨了起来。

"没几个人能跟初恋在一起的，再说了，喜欢又不能算是恋过，没关系啊。"我想去安慰一下她，但是发现自己说的这些话绵软得像一坨无用的狗屎。

"我自己过了三十多年，我的脸很骗人啊，很多人都说喜欢我，但是我一个也不敢答应。我还没谈过恋爱，不敢谈，怕被发现后遭人嫌弃，自己也难堪。"她使劲咧咧嘴，但还是看不出一丝笑意。

院子里疯跑过一只狗，朝着我"汪"一声，发现我并没有伤害女主人的意思后，安心地跑出去玩儿了。

“可以相信爱情，但没有这个玩意儿，自己其实也能过好。”我觉得自己挺废物的，找不到什么像样的办法去帮助她，因为医学常识告诉我，这个病不会要人命，但很有可能会不依不饶时好时坏地伴随她一生。

“其实一开始我也这样想过。班上得好好的，挣钱也不少。只是三十岁那年，我戒酒多年的老爸突然要跟我喝点，我先是一怔，就跟他喝起来了，喝到最后，我爸抹眼泪了……”

“怎么了？”

“他说，姑娘，你都三十了，你去北漂爸妈不反对，但这么大的一个北京城，没个人照顾你，你妈妈和我都不放心，我们希望有生之年能看到你结婚……”牛春天扭过头去，院子里起了一阵风。

该死！我完全不知道该说什么了，眼泪不争气地往下掉。我怕我一开口就带着个哭腔让牛春天更难受，于是赶紧起身往外走。

牛春天跟着我站了起来，轻声问我：“小轨，听说你现在是个作家了？”

我点点头，马上又摇摇头。

“我就是想问问你，你说会有人真的不在乎吗？我觉得我会是个好妻子。”她走到我身边，想一把拉住我，又像是触了电一样本能地缩了回去。

我一把拉住她，十指相扣，忍不住抱了抱她。

牛春天愣了一下，破涕为笑，院子里的三角梅在阳光下发光。

我说："我先走了哈。"

牛春天说："你小姑姑该喊你吃饭了呀?"

我连连点头说："是啊。"